韓國正宗
獨家短期衝刺名師暢銷攻略

TOPIK II
新韓檢中高級

聽力+閱讀20天解題奪分秘技

7種聽力題型╳12種閱讀題型╳28個公式

Always with you

不是只有在路上偶然遇見某人或是一起生活才算是緣分，和出版書籍的出版社、及閱讀書籍的
讀者之間的相遇也是一種珍貴的緣分。

2019 한국어능력시험 TOPIK 2 단기완성

Copyright © 2019 by KIM MYEONG JUN

All rights reserved.

Traditional Chinese copyright © 2021 by GOTOP IMFORMATION INC.

This Traditional Chinese edition was published by arrangement with Sidaegosi through Agency Liang

前言

《TOPIK II 新韓檢中高級——聽力＋閱讀 20 天解題奪分秘技》是讓初次接觸韓國語文能力測驗的外國學習者，能在短時間內理解題型、以及輕易找出答案而發行的教材。

本書分為 7 種聽力題型與 12 種閱讀題型，總共套用了 28 個公式，藉此讓讀者能更輕鬆地準備 TOPIK 考試。另外，前面的部分介紹了解題的訣竅，後面的部分則有「題型—問題—公式」，讓學習者能輕易理解學習內容。

考試最重要的就是從有限的時間內找出正確答案，有感於近來 TOPIK 測驗的難度持續提升，讓許多學習者都相當傷腦筋，因此出版了本書。本書的目標是讓學習者在實際 TOPIK 測驗中快速掌握題型，並且協助考生在套用符合題型的公式後，比其他人更快找到正確答案。

希望學習者能努力學習本書的題型與公式，同時在短時間內達成目標分數。另一方面，也希望本書對指導 TOPIK 測驗的所有韓文老師有幫助。

在此我想要向協助出版本書的各位表達感謝之意。

首先要感謝我親愛的妻子鄭妙甜（Dorothy），感謝妳全程陪伴我苦思，並把寫作本書當成自己事情般給予我協助，在此致上我深深的謝意。

非常感謝協助我企劃與出版本書的各位編輯組的成員。最後要感謝一直替我祈禱的李炯子、姜春元、金秀琳、陳英蘭。

作者　金明俊　筆

韓國語文能力測驗 TOPIK 說明

❀ 測驗目的

- 母語非韓國語之韓語學習者、韓國僑民、外國人提供學習方向；並祈達到普及韓語之效。
- 測試和評量韓國語使用能力，並以此為留學韓國或就業的依據。

❀ 測驗對象

並非以韓文為母語的旅外僑胞與外國人。

- 韓文學習者與欲申請韓國大學的留學生。
- 想要在韓國國內外企業與公共機關就職的人。
- 在外國學校就學中或畢業的僑胞。

❀ 成績效期

- 本測驗成績之有效期限為兩年（自成績公布日起計）。

❀ 測驗用途

- 外國人與完成 12 年國外教育的海外僑胞申請韓國大學與研究所。
- 想要在韓國企業就職的就業簽證、甄選、人員標準。
- 具備醫生資格的外國人欲取得韓國國內的執照承認。
- 外國人欲擔任韓文教職人員資格審查〈國立國文院〉申請文件。
- 欲取得永久居住權。
- 結婚移民者申請發放簽證。
- 完成社會整合教育課程獲得認同〈依照 TOPIK 獲得的等級，分配相關的社會整合教育課程階段〉。

❀ 測驗時間表

測驗級數	節次	測驗項目	入場時間	遲到者不准入場	作答開始	作答結束	作答時間
TOPIK I	第 1 節	聽力、閱讀	08：30	08：40	09：10	10：50	100 分鐘
TOPIK II	第 1 節	聽力、寫作	12：20	12：30	13：00	14：50	110 分鐘
	第 2 節	閱讀	----	15：10	15：20	16：30	70 分鐘

※ 請留意：作答結束時間並非測驗結束時間。

❀ 測驗進行說明

- 測驗流程可能會依照當天考場的情況而有所不同。
- 進行聽力測驗時必須邊聽問題邊填寫答案，結束後沒有另外提供作答時間。
- 第 1 節進行聽力測驗時只能回答聽力問題，進行寫作測驗時則只能回答寫作問題。違反時就視為違規。

❀ 問題卷的種類

種類	A 型	B 型
實施地區	美洲—歐洲—非洲—大洋洲	亞洲
實施日	星期六	星期日

❀ 測驗級數與成績等級

- 測驗級數：TOPIK I、TOPIK II
- 成績等級：6 個等級〈1~6 級〉

依照受測者獲得的綜合分數為基準判定，成績等級判定的標準如下：

測驗級數	TOPIK I		TOPIK II			
	1 級	2 級	3 級	4 級	5 級	6 級
成績等級判定	80 分以上	140 分以上	120 分以上	150 分以上	190 分以上	230 分以上

❀ 測驗項目

● 各級數的測驗項目

測驗級數 （成績等級）	節次	測驗項目（時間）	題型	題數	各項滿分	總分
TOPIK I	第 1 節	聽力（40 分鐘）	選擇	30	100	200
		閱讀（60 分鐘）	選擇	40	100	
TOPIK II	第 1 節	聽力（60 分鐘）	選擇	50	100	300
		寫作（50 分鐘）	作文	4	100	
	第 2 節	閱讀（70 分鐘）	選擇	50	100	

● 測驗題型

－選擇題：4 選 1

－作文〈寫作領域〉：只有 TOPIK II 會實施

　　①造句 2 題

　　②寫作 2 題 ｛200~300 字的說明文 1 篇

　　　　　　　　600~700 字論說文 1 篇

❀ 寫作領域作文題目評價基準

題目	評價基準	評價內容
51-52	內容與切題	是否有依照提示的題目寫出適當的內容？
	語彙使用	是否正確使用語彙與文法？
53-54	內容與切題	• 是否確實寫出符合題意的內容？ • 是否由主題相關的內容架構而成？ • 是否以豐富和多樣化的方式表達內容？
	文章的開展結構	• 文章的結構是否明確和具備邏輯？ • 是否依照文章內容適當分段？ • 是否有適當使用有助於邏輯的言談標記，以有組織的方式連接？
	語彙使用	• 是否以多樣化與豐富的方式使用文法和語彙，選擇適當的文法和語彙？ • 是否正確使用文法、語彙及標準拼寫法？ • 是否依照文章的目的與功能寫出合乎格式的內容？

❀ 各等級成績說明

測驗水準	等級	能力指標
TOPIK I	1 級	• 能完成「自我介紹、購物、點餐」等日常生活上必需的基礎會話能力，並能理解和表達「個人、家庭、興趣、天氣」等一般個人熟知的話題。 • 能掌握約 800 個常用單字，認識基本語法並造出簡單的句子。 • 能理解和書寫簡單的日常生活實用文句。
	2 級	• 能使用韓語進行「打電話、求助」等日常生活溝通，並於「郵局、銀行」等公共設施使用韓語溝通。 • 能掌握約 1,500~2,000 個單字，理解個人熟知的話題，並以段落表達。 • 能區分使用正式或非正式場合的用語。
TOPIK II	3 級	• 日常生活溝通沒有困難，具有能使用各種公共設施服務及進行社交活動之基礎語言能力。 • 能理解自己熟悉及社會上熱門的話題，並以段落表達。 • 能區分及使用口語和書面用語。
	4 級	• 具備使用公共設施及進行社交活動之語言能力，並能執行部分一般職場業務。 • 能理解電視新聞和報紙中較淺顯的內容，並能理解且流暢表達一般社會性和抽象的話題。 • 能理解常用的慣用語和具有代表性的韓國文化，並可理解和表達社會和文化方面的內容。
	5 級	• 具備在專業領域上進行研究或執行業務所需一定程度的語言能力。 • 能理理解並談論不熟悉的主題如政治、經濟、社會、文化等。 • 可因應場合正確使用正式、非正式和口語、書面用語。
	6 級	• 具備在專業領域上進行研究或執行業務所需比較正確而流利的語言能力。 • 能理解並談論不熟悉的主題如政治、經濟、社會、文化等，雖未能達到母語使用者的水準，但在執行任務和表達上沒有困難。

※ 引用自「韓國語文能力測驗-TOPIK臺灣」https://www.topik.com.tw/ 網站。

本書架構與特徵

① 公式就是答案！

依本書獨有的解題祕訣與公式，搭配邊看題目邊作答的方法，輕鬆快速準備 TOPIK II 考試。只要依照書的公式以「問題—公式—答案—語彙」的順序學習，就能輕易解題。

公式

狀況 狀況	1. 화제　話題：머리 스타일　髮型	
	2. 설명과 반응　說明和反應	
	여자　女子	**남자　男子**
	요즘 유행하는 머리 스타일로 바꿔 보세요. 請幫我換成最近流行的髮型。	저는 염색도 하고 싶은데요. 我也想染髮。

解析

男子在美容室邊看著雜誌邊和店員談論髮型。

➡ 請選擇女子美容師和男性顧客談論髮型的圖畫。

答案：③

語彙

요즘	유행하다	스타일	손님	어울리다
最近	流行	風格	客人	合適

② 詳細且易懂的解題過程！

將本書 28 個公式的解題過程融會貫通，未能理解的部份請詳加研讀。搭配與韓文並列的中文解說，可對學習產生莫大的幫助。

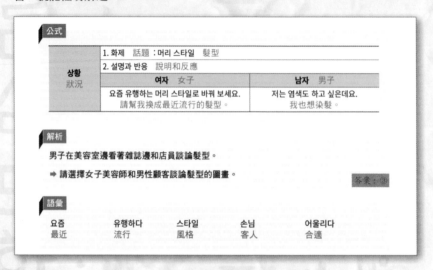

購買化妝品時須確認容器或包裝外側的成分、使用方法、注意事項、保存期限等，
　　　　　　　　　　　　　　　③
選擇合適自己的化妝品。( ) 皮膚若是敏感，購買化妝品前應塗抹少量在耳朵等皮膚的部位確認反應。因為皮膚可能會因為化妝品包含的各種化學物質產生不良的
反應，若是出現這一類的反應就必須立即停止使用，若是症狀依舊存在，最好去
　　　　　　　　　　　　　　　　　　　　　　　　　　　　②
看皮膚科。

▎問題 1 ▎ (　　)에 들어갈 알맞은 말을 고르십시오. 請選出填入空格中的正確選項。

① 또는 或是　　② 그리고 還有　　③ 그러나 然而　　④ 그러므로 因此

앞 내용　前面的內容	빈칸　空格	뒤 내용 後面的內容
화장품을 살 때는 용기나 겉면에 적혀 있는 ~ 등을 확인하고 ~화장품을 선택해야 한다. 購買化妝品時，須確認容器或外側的 ~等之後選擇~化妝品。	그리고 而且	피부가 민감한 경우에는 ~반응을 확인해야 한다. 皮膚敏感時，須確認~的反應。

➡ 그리고 : 단어, 구, 절, 문장 따위를 병렬적으로 연결할 때 사용합니다.
　　詞彙、片語、子句或句子並列連接時使用。

③ 文法一次彙整！

附錄是提供與該題型相關的文法、句子或詞彙，讓讀者能更有系統地透過各式各樣的詞彙或例句理解文法。

附 錄
題型 1 中出現的文法

1. 가정 또는 조건 假設或條件

- 거든	앞의 내용이 조건임을 표시합니다. 表示前面的內容是條件。 예 서울에 오거든 꼭 연락하세요.
- ㄴ / 는다면	앞의 문장이 가정된 상황임을 표시합니다. 前面的句子是假設狀況。 예 복권에 당첨된다면 세계 여행을 하고 싶어요.
-(으) 려면	어떤 상황을 가정할 때 사용합니다. 假設某種特定情況時使用。 예 외국인등록증을 신청하려면 3층으로 가세요. 앞의 내용이 뒤의 사실에 꼭 필요한 조건임을 표시합니다.

④ 使用 TOPIK 計畫表有效地達成目標！

依照本書提供的「TOPIK II 20 天完成 4 週計畫表」按部就班學習與練習，就能在短時間內獲得想要的分數。

TOPIK II　20 天完成 4 週計畫表

學習日期	月　日	月　日	月　日	月　日	月　日
第 1 週	聽力題型 1 公式 1, 2	聽力題型 2 公式 3 聽力題型 3 公式 4	聽力題型 4 公式 5 聽力題型 5 公式 6	聽力題型 6 公式 7, 8	聽力題型 6 公式 9, 10
學習日期	月　日	月　日	月　日	月　日	月　日
第 2 週	聽力題型 6 公式 11	聽力題型 7 公式 12, 13	聽力題型 複習	閱讀題型 1 公式 1	閱讀題型 2 公式 2
學習日期	月　日	月　日	月　日	月　日	月　日
第 3 週	閱讀題型 3 公式 3	閱讀題型 5 公式 6	閱讀題型 7 公式 8, 9	閱讀題型 7 公式 10	閱讀題型 9 公式 12

目錄

TOPIK II　20 天完成 4 週計畫表

學習日期	月　　日	月　　日	月　　日	月　　日	月　　日
第 1 週	聽力題型 1 公式 1, 2	聽力題型 2 公式 3 聽力題型 3 公式 4	聽力題型 4 公式 5 聽力題型 5 公式 6	聽力題型 6 公式 7, 8	聽力題型 6 公式 9, 10
學習日期	月　　日	月　　日	月　　日	月　　日	月　　日
第 2 週	聽力題型 6 公式 11	聽力題型 7 公式 12, 13	聽力題型 複習	閱讀題型 1 公式 1	閱讀題型 2 公式 2
學習日期	月　　日	月　　日	月　　日	月　　日	月　　日
第 3 週	閱讀題型 3 公式 3 閱讀題型 4 公式 4, 5	閱讀題型 5 公式 6 閱讀題型 6 公式 7	閱讀題型 7 公式 8, 9	閱讀題型 7 公式 10 閱讀題型 8 公式 11	閱讀題型 9 公式 12
學習日期	月　　日	月　　日	月　　日	月　　日	月　　日
第 4 週	閱讀題型 10 公式 13	閱讀題型 11 公式 14	閱讀題型 12 公式 15	寫作部分 閱讀題型 複習	最終檢驗

- 讀書計畫最好不要超過 30 天。
- 題型複習與最終檢驗時間要重複練習自己較弱的題型。
- 配合計畫表學習，依照自己的理解程度調整學習量。
- 最重要的就是持之以恆。

PART.1 聽力部分

'그림 고르기' 유형입니다.

두 사람의 대화 내용을 가장 잘 표현한 그림을 고르는 문제입니다.

這是「選擇圖畫」的題型。

聆聽兩人的對話後,選出最正確的圖畫。

TIPS

1. 듣기 전에 그림을 잘 보세요.

   (1) 그림을 보고 인물의 동작과 상황을 이해하세요.

   (2) 그림과 관계있는 단어나 표현을 생각해 보세요.

2. 대화를 들을 때 그림에 대한 단서를 찾아보세요.

   그림과 관련된 단어와 내용에 집중하고 메모하세요.

3. 선택지에서 정답을 선택하세요.

---

1. 聆聽前請先仔細看清楚圖畫。

   (1) 仔細看過圖畫後掌握人物的動作與情況。

   (2) 試著思考和圖畫相關的單字或表達方式。

2. 聆聽對話時請找出圖畫的相關線索。

   請專心並記下與圖畫相關的詞彙與內容。

3. 在選項中找出正確的答案。

'그래프 고르기' 유형입니다.
한 사람의 설명을 듣고 가장 적절한 그래프를 고르는 문제입니다.

這是「選擇圖表」的題型。

聆聽說明後，選出最恰當的圖表。

TIPS

1. 듣기 전에 그래프의 제목과 모양을 확인하세요.

2. 그래프에 대한 설명을 들을 때 그래프의 내용과 관련된 단어와 내용에 집중하고 메모하세요.

3. 선택지에서 정답을 선택하세요.

---

1. 聆聽前請先確認圖表的標題與內容。

2. 聆聽圖表的相關說明時，請專心且記下與圖表內容相關的詞彙與內容。

3. 在選項中找出正確的答案。

公式 1　聽完問題後選出適當的圖

다음을 듣고 알맞은 그림을 고르십시오.

여자 : 어? 텔레비전 리모컨이 왜 안 켜지죠?

남자 : 어디 봐. 음…….. 배터리를 바꾸면 될 거야.

여자 : 그래요? 그럼 배터리를 찾아볼게요.

①

②

③

④

公式

1. 그림을 잘 이해하고 상황, 장소, 두 사람의 관계를 파악하세요.
   理解圖畫內容後掌握情況、場所、以及兩人之間的關係。

2. 대화의 내용을 다음과 같이 정리하세요.
   (1) 대화에서 두 사람이 서로 묻고 답하는 내용을 확인하세요.
   (2) 한 사람의 설명에 대한 다른 사람의 반응을 확인하세요.
   請將對話內容彙整如下：
   (1) 請確認對話中兩人之間的問答內容。
   (2) 當一個人在解釋時，確認另一個人的反應。

答案

因為遙控器有問題，所以無法開啟電視。因此，只要選擇拿著遙控器的女子和男子交談的圖片即可。

➡ 請選擇女子拿著遙控器的照片。

答案：①

語彙

리모컨	배터리	바꾸다	찾아보다
遙控器	電池	變更	尋找

套用公式

다음을 듣고 알맞은 그림을 고르십시오.

①

②

③

④

여자 : 어? 텔레비전 리모컨이 왜 안 켜지죠?

남자 : 어디 봐. 음……. 배터리를 바꾸면 될 거야.

여자 : 그래요? 그럼 배터리를 찾아볼게요.

女子：喔？電視遙控為何沒反應呢？

男子：我看看，嗯……換電池就行了。

女子：是嗎？那我去找電池。

그림 圖畫	1. 장소　場所
	2. 두 사람의 관계　兩個人的關係

↓

상황 狀況	1. 화제　話題 : 리모컨　遙控器	
	2. 질문과 대답 또는 설명과 반응　提問與回答或說明與反應	
	여자　女子	**남자**　男子
	왜 안 켜지죠? 為何沒有反應呢？	배터리를 바꾸면 될 거야. 換電池就行了

練習題 1

다음을 듣고 알맞은 그림을 고르십시오.

①

②

③

④

公式

상황 狀況	1. 화제　話題：머리 스타일　髮型	
	2. 설명과 반응　說明和反應	
	여자　女子	**남자**　男子
	요즘 유행하는 머리 스타일로 바꿔 보세요. 請幫我換成最近流行的髮型。	저는 염색도 하고 싶은데요. 我也想染髮。

解析

男子在美容室邊看著雜誌邊和店員談論髮型。

➡ 請選擇女子美容師和男性顧客談論髮型的圖畫。

答案：③

語彙

요즘	유행하다	스타일	손님	어울리다
最近	流行	風格	客人	合適

聽力短文

여자：요즘 유행하는 머리 스타일로 바꿔 보세요.　　女子：試著換個最近流行的髮型吧。

남자：그래요？ 저는 염색도 하고 싶은데요.　　男子：是嗎？我還想要染髮。

여자：손님은 이 머리 스타일이 잘 어울릴 것 같아요.　　女子：客人您似乎很適合這個髮型。

練習題 2

다음을 듣고 알맞은 그림을 고르세요.

公式

상황 狀況	1. 화제　話題：면접　面試	
	2. 질문과 대답　提問與回答	
	여자　女子	**남자**　男子
	어디로 가야 하나요? 該往哪裡走呢？	엘리베이터를 타고 5층 회의실로 가세요. 請搭乘電梯前往 5 樓。

解析

穿著套裝的女子於服務台前向男子提出疑問，男子則指著電梯的位置。

➡ 請選出男子對女子指著電梯方向的圖。

答案：③

語彙

면접(을) 보다	층	엘리베이터	타다	서류	제출하다
面試	層	電梯	搭乘	文件	提交

聽力短文

여자 : 면접을 보러 왔는데요. 어디로 가야 하나요?　女子:我是來面試的，請問我該往哪邊走呢？

남자 : 저기 엘리베이터를 타고 5층 회의실로 가세요.　男子:請搭乘那邊的電梯去5樓的會議室。

여자 : 네, 감사합니다.　女子:好，謝謝。

聽完問題後選出適當的圖表

다음을 듣고 알맞은 그림을 고르십시오.

> 여자 : 무더위가 계속되면서 상추와 배추, 시금치 등 잎채소 가격이 빠르게 오르고 있습니다. 상추는 6월보다 7월에 네 배가 올랐고 배추는 세 배, 시금치는 두 배 순으로 가격이 많이 올랐습니다. 휴가철이 시작되면 소비가 더 늘어 가격이 더 오를 전망입니다. 채소 중에서도 잎채소 가격이 이렇게 오른 이유는 잎채소들이 날씨에 가장 영향을 많이 받기 때문입니다.

①

②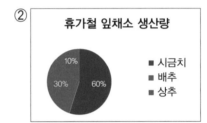

③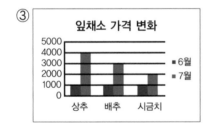

④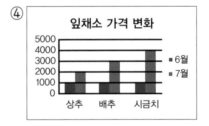

公式

1. 그래프의 제목을 확인하세요.
   確認圖表的標題。

2. 그래프의 유형과 항목을 확인하세요.
   確認圖表的類型與項目。

3. 각 항목들의 숫자 또는 비율을 확인하고 크기 순으로 나열하세요.
   確認各項目的數字或比例後，依照大小排列。

4. 같은 유형의 그래프들의 차이점을 확인하세요.
   確認同一類圖表之間的差異。

5. 17쪽에 있는 그래프의 정보와 관련된 표현을 참고하여 정답을 선택하세요.
   請參考和 17 頁的圖表資訊相關的表現方式，然後選出正確的答案。

答案

首先，選擇葉片蔬菜的 6、7 月價格變化相關圖表，然後確認萵苣、大白菜、菠菜相關的具體資訊並選出正確答案即可。

➡ 漲幅分別是萵苣四倍、大白菜三倍、以及菠菜的兩倍。

答案：③

語彙

무더위	계속되다	상추	배추	시금치	잎채소
酷暑	繼續	萵苣	大白菜	菠菜	葉片蔬菜

가격	빠르게	오르다	휴가철	시작되다	소비
價格	快速	上升	假期	開始	消費

늘다	전망	영향
增加	展望	影響

套用公式

다음을 듣고 알맞은 그림을 고르십시오.

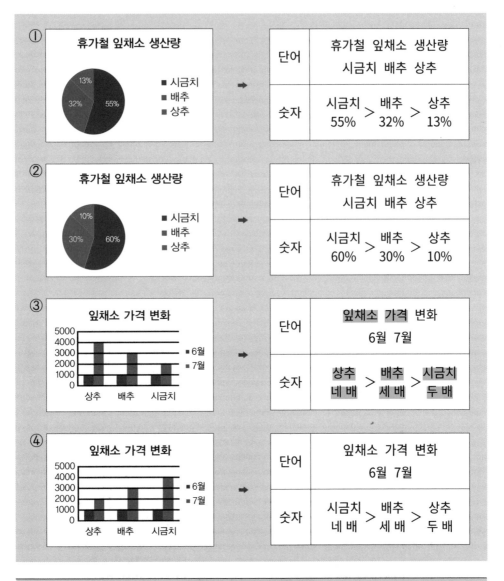

① 휴가철 잎채소 생산량		
단어	휴가철 잎채소 생산량 시금치 배추 상추	
숫자	시금치 55% > 배추 32% > 상추 13%	

② 휴가철 잎채소 생산량		
단어	휴가철 잎채소 생산량 시금치 배추 상추	
숫자	시금치 60% > 배추 30% > 상추 10%	

③ 잎채소 가격 변화		
단어	잎채소 가격 변화 6월 7월	
숫자	상추 네 배 > 배추 세 배 > 시금치 두 배	

④ 잎채소 가격 변화		
단어	잎채소 가격 변화 6월 7월	
숫자	시금치 네 배 > 배추 세 배 > 상추 두 배	

그래프의 정보와 관련된 표현
與圖表資訊相關的語句

상추는 6월보다 7월에 네 배가 올랐고 배추는 세 배, 시금치는 두 배 순으로 가격이 많이 올랐습니다.
與 6 月相比，7 月的萵苣價格上漲了四倍，大白菜是三倍，波菜則是兩倍。

練習題 1

다음을 듣고 알맞은 그림을 고르십시오.

①

20대가 말하는 취업이 안 되는 이유

- 능력이 부족해서
- 일자리가 적어서
- 눈높이가 높아서
- 기타

②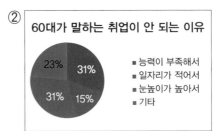

60대가 말하는 취업이 안 되는 이유

- 능력이 부족해서
- 일자리가 적어서
- 눈높이가 높아서
- 기타

③

최근 3년간 연령대별 취업률

2013년 / 2014년 / 2015년
— 20대 — 60대

④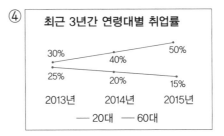

최근 3년간 연령대별 취업률

2013년 / 2014년 / 2015년
— 20대 — 60대

公式

그래프의 정보와 관련된 표현
與圖表資訊相關的語句

'능력이 부족해서' 라는 응답이 가장 많았으며 '일자리가 적어서' 와 '눈높이가 높아서' 가 뒤를 이었습니다.
回答最多的理由是「能力不足」，其次是「職缺太少」和「眼光太高」。

解析

說明就業不順利的原因，考慮回答的對象與具體的回答內容後選擇圖表。

➡ 請選出針對大學生調查結果的圖表。

答案：①

語彙

대학생 大學生	대상 對象	취업 就業	이유 理由	조사하다 調查	결과 結果
능력 能力	부족하다 不足	응답 回答	가장 最	일자리 工作	적다 少
눈높이 眼光	잇다 連接	기업 企業	신입 사원 新進員工	뽑다 挑選	중요하다 重要
반영하다 反映	보이다 顯示				

聽力短文

남자 : 대학생을 대상으로 취업이 안 되는 이유를 조사한 결과 '능력이 부족해서'라는 응답이 가장 많았으며 '일자리가 적어서'와 '눈높이가 높아서'라는 응답이 뒤를 이었습니다. 이는 기업에서 신입 사원을 뽑을 때 능력을 가장 중요하게 본다는 것을 반영한 것으로 보입니다.

男子 : 以大學生為對象調查未能就業成功的結果發現，回答最多的理由是「能力不足」，其次是「職缺太少」和「眼光太高」，這也反映出企業在挑選人才時最看重的就是能力。

練習題 2

다음을 듣고 알맞은 그림을 고르십시오.

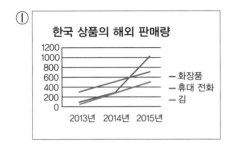

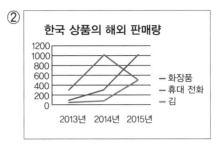

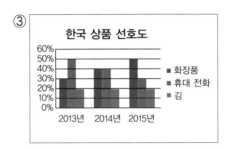

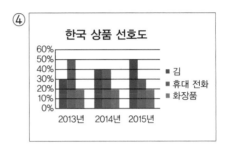

公式

> **그래프의 정보와 관련된 표현**
> 與圖表資訊相關的語句

화장품과 김의 해외 판매량이 2013 년부터 2015 년까지 계속 증가하고 있습니다 . 반면에 휴대 전화의 판매량이 2014 년에 가장 높았다가 2015 년에는 감소하고 있습니다 .

化妝品與海苔的海外銷售量從 2013 年到 2015 年持續增加，反之，手機銷售量於 2014 年最高，2015 年則逐漸減少。

解析

選擇說明化妝品、海苔、手機的國外銷售量的圖表，確認銷售量的變化後選出正確答案即可。

➡ 考慮手機的銷售量後選擇圖表。

答案：②

語彙

해외 國外	팔리다 賣出	상품 商品	보고서 報告	따르다 依照	화장품 化妝品
김 海苔	판매량 銷售量	계속 繼續	증가하다 增加	휴대 전화 手機	최고 最棒
감소하다 減少	한류 韓流	영향 影響	관심 關注	앞으로도 往後也	인기 人氣
예상되다 預計					

聽力短文

여자 : 해외에서 많이 팔리는 한국 상품은 무엇일까요? 한 보고서에 따르면 화장품과 김의 해외 판매량이 2013년부터 2015년까지 계속 증가하고 있습니다. 반면에 휴대 전화의 판매량이 2014년에 가장 높았다가 2015년에는 감소하고 있습니다. 한류의 영향으로 한국에 대한 관심이 증가하면서 앞으로도 한국 상품의 인기는 계속될 것으로 예상됩니다.

女子 : 國外銷售最好的韓國商品是什麼呢？根據一項報告指出，2013 年到 2015 年化妝品與海苔的海外銷售量持續增加，反之，手機的銷售量於 2014 年最高，2015 年則逐漸減少。韓流的影響使大家對韓國的關注持續增加，預計往後韓國商品的人氣也會持續下去。

附 錄

與圖表資訊相關的語句

1. 제목과 관계있는 부분 與標題相關的部分

~을 대상으로 조사한 결과	~을 조사한 결과를 살펴보겠습니다.
~한 것으로 조사되었습니다.	~로 조사됐습니다.
~을 조사했습니다.	조사 결과에 따르면
~한 조사에 따르면	~한 보고서에 따르면
~의 발표에 따르면	

2. 내용과 관계있는 부분 與內容相關的部份

(1) 설명 說明

~이 크게 늘어났습니다.	~이 크게 줄었습니다.
~이 증가한 것으로 나타났습니다.	~이 증가하고 있습니다.
~이 감소한 것으로 나타났습니다.	~이 감소하고 있습니다.
~(으)로 상승하고 있는 것을 알 수 있습니다.	~(으)로 하락하고 있는 것을 알 수 있습니다.
~에는 ~이 최고였다가	가장 많이 ~한 것으로 나타났습니다.
~은 높아졌지만 ~은 낮아지는	~은 낮아졌지만 ~은 높아지는
~이 가장 많았으며 ~이 뒤를 이었습니다.	~이 가장 많았고 ~이 그 뒤를 이었습니다.
그 다음으로는 ~이 뒤를 이었는데	한편 ~을 살펴보면

(2) 추론 推論

~이 많아질수록 감소하고 있음을 알 수 있는데요.	~이 적어질수록 감소하고 있음을 알 수 있는데요.
~이 많아질수록 증가하고 있음을 알 수 있는데요.	~이 적어질수록 증가하고 있음을 알 수 있는데요.
이는 ~을 반영하는 것으로 보입니다.	

(3) 근거 제시 提出根據

~때문에 이러한 ~이 나타난 것으로 보입니다.
~이 많아지면서 ~이 급격히 증가한 것으로 나타났습니다.

3. 끝부분 結尾部分

~해 보시는 건 어떨까요?	앞으로 ~이 더 늘 것으로 예상됩니다.

'상황에 맞게 대답하기' 유형입니다.
대화 상황을 잘 파악하고 상황에 맞게 이어지는 말을 고르는 문제입니다.

這是「依照情況回答」的題型。
先掌握對話情境，再選擇符合情境的後續對話。

TIPS

1. 대화를 듣기 전에 선택지를 읽으세요.

   (1) 선택지를 확인하고 핵심어에 밑줄을 치세요.

   (2) 대화의 상황을 생각해 보세요.

2. 대화에 사용된 표현을 메모하세요.

3. 선택지에서 정답을 선택하세요.

----

1. 聆聽對話前請先閱讀選項。

   (1) 確認選項後在關鍵字底下畫線。

   (2) 試著思考一下對話的情境。

2. 請記下對話中使用的語句。

3. 在選項中找出正確答案。

公式 3　聽完問題後選出後續的內容

다음 대화를 잘 듣고 이어질 수 있는 말을 고르십시오.

> 여자 : 부장님, 다음 달에 발표하는 신상품 보고서입니다. 검토 좀 부탁드리겠습니다.
> 남자 : 수고했어요, 수미 씨. 그런데 어제 준 통계 자료도 모두 분석했어요?
> 여자 : _____

① 이미 발표를 했습니다.　　　② 준비하려면 바쁘겠어요.
③ 내일까지 준비하겠습니다.　　④ 다음 달에 발표하려고 합니다.

公式

1. 23쪽을 참고하여 모든 선택지의 상황을 파악하세요.
   請參考 23 頁掌握所有選項的情況。

2. 대화를 들을 때 두 사람의 관계를 고려하여 명사와 서술어에 집중하세요.
   聆聽對話時思考兩人之間的關係，並且專注於名詞與敘述語。

答案

男子：不過昨天給的統計資料全都分析好了嗎？

女子：明天會準備好。

➡ 由於男子詢問統計資料是否已分析好了，因此女子的回答必須是與「準備」有關的內容，因此，若是尚未準備好，只要和 ③ 一樣回答即可。

答案：③

語彙

부장님	다음 달	발표하다	신상품	보고서	검토
部長	下個月	發表	新商品	報告	檢討
부탁드리다	수고하다	통계	자료	모두	분석하다
拜託	辛苦	統計	資料	全部	分析
준비하다					
準備					

套用公式

다음 대화를 잘 듣고 이어질 수 있는 말을 고르십시오.

대화의 상황　　對話的狀況
⇨ 명사와 서술어에 집중하세요. 　　請專注於名詞與敘述語。
여자 : 부장님, 다음 달에 발표하는 신상품 보고서입니다. 검토 좀 부탁드리겠습니다. 남자 : 수고했어요, 수미 씨. 그런데 어제 준 통계 자료도 모두 분석했어요? 여자 : ＿＿＿＿＿＿＿＿＿＿＿＿ 女子：部長，這是下個月要發表的新商品報告書，請您檢討一下。 男子：辛苦了，秀美！不過昨天給妳的統計資料全都分析好了嗎？ 女子：＿＿＿＿＿＿＿＿＿＿＿＿

① 이미 발표를 했습니다. ➡ 사실
② 준비하려면 바쁘겠어요. ➡ 조건, 추측
③ 내일까지 준비하겠습니다. ➡ 의지
④ 다음 달에 발표하려고 합니다. ➡ 의지

① 已經發表了。 ➡ 事實
② 要準備大概會變很忙吧。 ➡ 條件、推測
③ 明天會準備好。 ➡ 意志
④ 下個月要發表。 ➡ 意志

TIP

23쪽을 참고하여 모든 선택지의 상황을 파악하세요.
請參考 23 頁掌握所有選項的情境。

練習題 1

다음 대화를 잘 듣고 이어질 수 있는 말을 고르십시오.

① 가까운 곳으로 가야겠어요.　　② 앞자리에 앉았으면 좋겠어요.

③ 제시간에 도착해서 다행이에요.　　④ 시간이 얼마나 걸릴지 모르겠어요.

公式

1. 23쪽을 참고하여 모든 선택지의 상황을 파악하세요.

　請參考 23 頁掌握所有選項的情境。

2. 대화를 들을 때 두 사람의 관계를 고려하여 명사와 서술어에 집중하세요.

　聆聽對話時，考慮兩人之間的關係且專注於名詞與敘述語。

解析

① 必須前往近一點的地方。 ➡ 意志

② 我希望坐在前面的位子。 ➡ 願望

③ 幸虧準時抵達了。 ➡ 感情

④ 不知道會花費多少時間。 ➡ 推測

➡ 女子想要坐在前面的座位，男子說下課後去就無法坐在前面的座位，所以女子的答案
依照 ② 說想要坐在前面的座位最為恰當。

答案：②

語彙

수업	끝나다	콘서트	앞자리	일찍
課業	結束	演唱會	前面的位子	提早

聽力短文

여자 : 수업 끝나고 콘서트에 가면 앞자리에 앉을 수 있을까요?

남자 : 유명한 가수들이 많이 나와서 앞자리에 앉으려면 더 일찍 가야 돼요.

여자 : ＿＿＿＿＿＿＿＿＿＿＿＿＿＿＿＿＿＿

女子：下課後去演唱會可以坐在前面的座位嗎？

男子：因為有許多知名的歌手，想坐在前面的座位就必須更早一點去。

女子：＿＿＿＿＿＿＿＿＿＿＿＿＿＿＿＿＿

練習題 2

다음 대화를 잘 듣고 이어질 수 있는 말을 고르십시오.

① 궁금했는데 잘 됐네요.　　　　② 그래요? 미리 알았으면 좋았을걸.
③ 그래도 자세히 알아봐야겠어요.　④ 사람들에게 가 보라고 좀 전해주세요.

公式

1. 23쪽을 참고하여 모든 선택지의 상황을 파악하세요.
   請參考 23 頁掌握所有選項的情境。

2. 대화를 들을 때 두 사람의 관계를 고려하여 명사와 서술어에 집중하세요.
   聆聽對話時，考慮兩人之間的關係且專注於名詞與敘述語。

解析

① 正巧我覺得很好奇。 ➡ 感情

② 是嗎？如果能早點知道就好了。 ➡ 感情〈遺憾〉

③ 不過還得調查清楚才行。 ➡ 意志

④ 請轉告去找大家吧。 ➡ 要求

➡ 女子因為加班而處於疲憊的狀態，男子則提供解除疲勞的方法，女子的回答和 ② 一樣呈現遺憾的情感的表現方式最為恰當。

答案：②

語彙

요새	야근	계속하다	피곤하다	피로	쌓이다
近來	加班	繼續	疲倦	疲勞	累積

聽力短文

여자 : 요새 야근을 계속해서 너무 피곤해요. 다음 주까지 야근을 해야 할 것 같아요.
남자 : 저는 피로가 쌓이면 잠자기 전에 따뜻한 우유를 마셔요. 그러면 피로가 금방 풀리더라고요.
여자 : _____

女子：因為最近一直加班，所以我好累，似乎得加班到下星期。
男子：每當我覺得疲勞時，睡前就會喝一杯溫牛奶，這樣很快就能解除疲勞。
女子：_____

附 錄

可知道交談情境的文法表現

1. 가능 ↔ 불가능　可能 ↔ 不可能

-(으)ㄹ 수 있다	예 한국어를 읽을 수 있어요.
	일할 때 쉴 수 있어서 좋아요.
-(으)ㄹ 수 없다	예 한국어를 읽을 수 없어요.
	그 식당은 주차를 할 수 없어 불편해요.

2. 감정 표현　感情的表達

-(으)ㄹ지 모르다	예 마감 시간이 지났을지 몰라.
	남편이 직장을 그만둘지 몰라요.
-(으)ㄹ걸	예 미리 알았으면 좋았을걸.
	좀 더 잘해 줄걸 그랬어요.
- 네 /- 네요	예 분위기가 커피숍처럼 참 좋네요.
- 군요 /- 는군요	예 여행을 다녀왔군요.
	아무도 모르는군요.

3. 대조　對照

-(으)ㄴ / 는데	예 여행을 가고 싶은데 갈 시간이 없어요.
	여자 친구를 매일 보는데 자꾸 보고 싶어요.
	형은 키가 큰데 동생은 작아요.

4. 습관적인 행동　習慣性的行為

- 곤 하다	예 너무 더울 때는 집에서 쉬곤 해요.

5. 배경 설명　背景說明

-(으)ㄴ / 는데	예 부탁이 있는데 좀 들어줄래요?
	영화가 보고 싶은데 같이 보러 갈래요?
	내일은 바쁜데 주말에 만나요.

6. 비교　比較

보다	예 공부하는 것보다 노는 게 좋아.

7. 사실 진술　陳述事實

- 습니다 / - ㅂ니다	예 날씨가 춥습니다.
	가격이 비쌉니다.
- 네 / - 네요	예 오랜만이네요.
- 아 / 어요	예 일이 끝나고 가도 늦지 않아요.
	지하철에서 핸드폰을 잃어버렸어요.
	주말에는 등산을 해요.
- 더라고요	예 안 그래도 다 팔렸더라고요.
-(으) ㄴ / 는 편이다	예 감기에 잘 걸리지 않는 편입니다.
	이 식당은 서비스가 좋은 편입니다.
	이 음식이 만 원이면 비싼 편입니다.
-(으) ㄹ 뻔하다	예 말하지 않았으면 잊을 뻔했어요.
	눈이 많이 와서 넘어질 뻔했어요.
-(으) ㄴ / 는 / (으) ㄹ 줄 알다 (모르다)	예 친구들과 함께 가는 줄 알았어요.
	그렇게 보고 싶어 하는 줄 몰랐어요.
	예 핸드폰을 찾은 줄 알았어요.
	저녁을 먹은 줄 몰랐어요.
	예 미국에 갈 줄 알았어요.
	한국에 올 줄 몰랐어요.

8. 상태 변화　狀況變化

- 아 / 어지다	예 열심히 공부해서 성적이 좋아졌어요.
	유학생활이 많이 즐거워졌어요.
	날씨가 따뜻해졌어요.

9. 소망　希望

-(으)면 좋겠다	예 방이 좀 넓으면 좋겠어.
	시험에 합격하면 좋겠어요.
- 고 싶다	예 저도 정말 가고 싶지만 힘들 것 같습니다.

10. 시도　嘗試

- 아 / 어 보다	예 저도 한번 가 보려고요.
	한번 먹어 보세요.
	천천히 말해 보세요.

11. 요청 또는 권유　要求或勸說

- 아 / 어 주다	예 이것 좀 잡아 주세요.
	사진 좀 찍어 주세요.
	아이들을 칭찬해 주세요.
- 아 / 어요	예 손잡이를 잡아요.
	물을 삼키지 말고 뱉어요.
	그럼 이제부터 공원에서 같이 운동해요.
-(으) 세요	예 저기에 앉으세요.
	옷을 얇게 입고 가세요.

12. 의문　疑問

-(으) ㄴ / 는지	예 안 그래도 어디 있는지 궁금했는데 잘 됐네요.
	만나는 시간은 언제가 좋은지 말씀해 주세요.
	혹시 다친 건 아닌지 걱정이 되네요.

13. 이유　理由

- 느라고	예 늦잠을 자느라고 비행기를 놓칠 뻔했어요.
-(으) 니까	예 정말 좋은 기회니까 놓치지 마세요.
- 아 / 어서	예 제시간에 도착해서 다행이에요.

14. 비슷함의 정도　相似的程度

-(으) ㄹ 만하다	예 비빔밥은 먹을 만했어요?
	그 영화는 볼 만해요.
-(으) ㄹ 만큼	예 그동안 참을 만큼 참았나 봐요.
	매일 보러 갈 만큼 여자 친구를 좋아해요.

15. 의지 또는 목적　意志或目的

- 겠 -	예 저도 전시회에 가겠어요.
- 도록 하다	예 내일은 꼭 출근하도록 하겠습니다.
- 아 / 어야겠다	예 내일 꼭 병원에 가야겠어요.
	감기 때문에 약을 먹어야겠어요.
	그럼 저쪽으로 옮겨야겠네.
-(으)려고 하다	예 비가 곧 그치려고 해요.
	다음 달에 이사하려고 합니다.
-(으)ㄹ게	예 여기 앉아 있을게.
	다시 한번 찾아볼게.

16. 가정 또는 조건　假設或條件

-(으)면 되다	예 이 약은 하루에 세 번 먹으면 됩니까?
	과일만 사면 되겠네.
-(으)려면	예 소포를 찾으려면 3층으로 가세요.
	여행준비를 하려면 바쁘겠어요.
- 아 / 어야	예 보기 좋아야 관심을 끌어요.
	좋은 글을 읽어야 좋은 글을 쓸 수 있다.
	노력을 해야 좋은 결과가 있다.

17. 추측　推測

-(으)ㄹ 것이다	예 열심히 공부하면 아마 합격할 거야.
- 겠 -	예 오늘 도착하기는 힘들겠다.
-(으)ㄹ 것 같다	예 그 바지는 세탁소에 맡기는 게 좋을 것 같아.
	일주일 더 걸릴 것 같습니다.
- 나 보다	예 방문하는 사람들이 생각보다 적었나 봐요.
-(으)ㄹ지도 모른다	예 지금쯤 친구가 서울에 도착했을지도 모른다.
	내일 비가 올지도 모른다.

選出後續的行動

參考公式 4

'이어서 할 행동 고르기' 유형입니다.

두 사람의 대화를 잘 듣고 남자 또는 여자가 이어서 할 행동을 고르는 문제입니다.

這是「選出後續行動」的題型。

聆聽兩人對話，選出女子的後續行動。

TIPS

1. 듣기 전에 문제를 읽고 '누가(남자 또는 여자)' 다음 행동을 하는지 확인하세요.

2. 선택지를 확인하고 명사와 서술어에 밑줄을 치세요.

3. 대화를 들을 때 선택지에 등장하는 명사와 서술어가 포함된 부분을 메모하세요.

4. 이어지는 행동과 관계있는 문법 표현을 확인하세요.

5. 선택지에서 정답을 선택하세요.

---

1. 聆聽前先閱讀問題，然後確認「人物〈男子或女子〉」之後的行動。

2. 確認選項後在名詞與敘述語底下畫線。

3. 聆聽對話時，請記下選項中包含名詞與敘述語的部分。

4. 確認和後續行動有關的文法表現。

5. 從選項中找出正確答案。

公式 4 聽過問題後選出後續的行動

다음 대화를 잘 듣고 여자가 이어서 할 행동으로 알맞은 것을 고르십시오.

> 여자 : 편의점에서도 해외로 소포를 보낼 수 있다면서? 프랑스에 사는 친구에게 선물을 보내야 하는데 어떻게 하면 돼?
>
> 남자 : 먼저 인터넷에서 편의점의 위치를 확인하고 보낼 물건을 포장해서 가면 돼. 편의점은 24시간 문을 여니까 아무 때나 가도 돼.
>
> 여자 : 우체국에 가서 보내는 것보다 비쌀까?
>
> 남자 : 비용도 우체국에서 보내는 것과 같아.

① 친구에게 편지를 쓴다.　　　② 선물을 사러 편의점에 간다.

③ 소포를 보내러 우체국에 간다.　　④ 인터넷에서 편의점의 위치를 찾는다.

公式

1. 선택지의 명사와 서술어를 보고 대화 상황을 생각해 보세요.
看過選項的名詞與敘述語後思考對話的情境。

2. 32쪽을 참고하여 이어지는 행동에 관한 문법 표현을 확인하세요.
參考 32 頁確認後續行動的相關文法表現。

解析

女子在便利商店詢問男子寄送包裹到國外的方法，因為男子說：「先在網路確認便利商店的位置包裝好要寄送的物品後再去就行了」，所以交談結束後女子該做的是 ④ ，在網路尋找便利商店的位置。

➡ 男子說的話包含女子的下一個行動。

答案：④

語彙

편의점	해외	소포	보내다	프랑스	선물
便利商店	海外	包裹	寄送	法國	禮物

위치	확인하다	물건	포장하다	비용
位置	確認	物品	包裝	費用

套用公式

다음 대화를 잘 듣고 여자가 이어서 할 행동으로 알맞은 것을 고르십시오.

<table>
<tr><td colspan="2" align="center">**선택지의 핵심어 (명사 , 서술어)**
選項中的關鍵字〈名詞 · 敘述語〉</td></tr>
<tr><td>① 친구에게 편지를 쓴다.</td><td>② 선물을 사러 편의점에 간다.</td></tr>
<tr><td>③ 소포를 보내러 우체국에 간다.</td><td>④ 인터넷에서 편의점의 위치를 찾는다.</td></tr>
<tr><td>① 寫信給朋友。</td><td>② 去便利商店買禮物。</td></tr>
<tr><td>③ 去郵局寄包裹。</td><td>④ 在網路上找便利商店的位置。</td></tr>
</table>

<table>
<tr><td align="center">**이어지는 행동에 관한 문법 표현에 집중하세요 .**
請專注於後續動作的文法表現。</td></tr>
</table>

여자 : 편의점에서도 해외로 소포를 보낼 수 있다면서? 프랑스에 사는 친구에게 선물을 보내야
하는데 어떻게 하면 돼?

남자 : 먼저 인터넷에서 편의점의 위치를 확인하고 보낼 물건을 포장해서 가면 돼. 편의점은 24
시간 문을 여니까 아무 때나 가도 돼.

여자 : 우체국에 가서 보내는 것보다 비쌀까?

남자 : 비용도 우체국에서 보내는 것과 같아.

女子 : 聽說便利商店可以寄包裹到國外？我要寄禮物給住在法國的朋友，該怎
麼寄呢？

男子 : 先在網路上確認便利商店的位置，包裝要寄送的禮物後在去便利商店，
便利商店 24 小時營業，所以隨時去都可以。

女子 : 去郵局寄會不會比較貴呢？

男子 : 費用好像和郵局一樣。

練習題 1

다음 대화를 잘 듣고 여자가 이어서 할 행동으로 알맞은 것을 고르십시오.

① 사장님에게 전화한다.
② 복사기를 할부로 산다.
③ 전시된 복사기를 구경한다.
④ 책자를 보고 복사기를 고른다.

公式

1. 선택지의 명사와 서술어를 보고 대화 상황을 생각해 보세요.
   看過選項的名詞與敘述語後思考一下對話的情境。

2. 32쪽을 참고하여 이어지는 행동에 관한 문법 표현을 확인하세요.
   參考 32 頁確認後續行動的相關文法表現。

解析

女子想要租借公司的影印機，因為男子對女子說：「看過手冊後若是有喜歡的就告訴我一聲吧」，所以女子接下來的行動應該是 ④ ，看過手冊後挑選影印機較為恰當。

➡ 男子說的話包含女子的下一個行動。

答案：④

語彙

회사	복사기	제품	추천하다	임대하다	구매하다
公司	影印機	產品	推薦	租借	購買
결정하다	신제품	책자	보다	마음에 들다	
決定	新產品	小冊子	觀看	滿意	

聽力短文

여자 : 저희 회사 복사기를 바꾸려고 하는데요. 괜찮은 제품 좀 추천해 주세요.
남자 : 임대를 하실지 구매를 하실지 결정하셨어요?
여자 : 음……. 임대할 거예요. 신제품도 임대가 되나요?
남자 : 네, 그러면 여기 책자를 보고 마음에 드는 거 있으시면 말씀하세요.

女子：我想要換公司的影印機，請推薦一下不錯的產品。
男子：已經決定好要租借還是購買嗎？
女子：嗯，我要用租的，新產品也可以租嗎？
男子：是，看過手冊後若是有喜歡的就告訴我一聲吧。

練習題 2

다음 대화를 잘 듣고 여자가 이어서 할 행동으로 알맞은 것을 고르십시오.

① 사진을 찍는다.
② 집에 다시 돌아간다.
③ 사진관 앞에서 기다린다.
④ 여권을 가지고 사진관 앞으로 간다.

公式

1. 선택지의 명사와 서술어를 보고 대화 상황을 생각해 보세요.
   看過選項的名詞與敘述語後思考一下對話情境。

2. 32쪽을 참고하여 이어지는 행동에 관한 문법 표현을 확인하세요.
   看過選項的名詞與敘述語後思考一下對話情境。

解析

男子出門時忘記帶護照了，女子則說：「我會帶護照過去，你就在照相館前等我吧」，因此，女子的下一個行動是 ④「帶著護照前往照相館」最為恰當。

➡ 女子最後一句話包含了下一個行動。

答案：④

語彙

외국인등록증	만들다	여권	책상	위	두다
外國人登錄證	製造	護照	書桌	上	放置

지금	어디	사진	찍다	사진관	기다리다
現在	何處	照片	照相	照相館	等待

聽力短文

남자 : (따르릉) 여보세요? 오늘 외국인등록증을 만들어야 하는데 여권을 집에 두고 왔어요.
여자 : 책상 위에 있던데요. 지금 어디에 있어요?
남자 : 어제 사진 찍었던 사진관 근처에 있어요.
여자 : 그러면 제가 여권을 가지고 갈 테니까 사진관 앞에서 기다리고 있어요.

男子：〈鈴鈴鈴〉喂？我今天得辦外國人登錄證，但護照卻放在家忘記帶出來了。
女子：護照放在桌上，你目前在哪裡呢？
男子：我在拍照的照相館附近。
女子：那我會帶護照去找你，你就在照相館前面等我吧。

附 錄

能知道後續行動的文法表現

1. 행위자의 말에 포함된 표현　包含在行動者話中的文法表現

(1) 시도　嘗試

- 아 / 어 보다	예 관리 사무소에 가 보겠습니다.
	제가 자료를 읽어 보겠습니다.
	제가 업체에 전화해 보겠습니다.

(2) 의지　意志

-(으) ㄹ게요	예 여기 앉아서 기다리고 있을게요.
	조금 이따가 다시 올게요.
-(으) ㄹ 테니까	예 서류를 준비해 놓을 테니까 가져가세요.
	내가 도와줄 테니까 걱정하지 마세요.
- 아 / 어야겠다	예 제품 설명서를 좀 봐야겠어요.
	아무래도 차를 잠깐 세워야겠어요.
	잠깐 나가서 산책해야겠어요.

(3) 가능성 확인　確認可能性

-(으) ㄹ 수 있나요 ?	예 미술관에서 사진을 찍을 수 있나요?
	상품에 관한 책자를 볼 수 있나요?

2. 상대방의 말에 포함된 표현　包含在對方話中的文法表現

(1) 행동의 순서　行動的順序

일단 ~	예 일단 인터넷으로 신청부터 하세요.
먼저 ~	예 먼저 침대 사진을 찍어서 가게 홈페이지에 올리세요.
우선 ~	예 우선 접수부터 해 놓고 나갔다 오세요.
빨리 ~	예 그 수업은 인기가 많으니까 빨리 신청해야 할 거예요.
- 고 나서	예 복사하고 나서 회의실로 오세요.

(2) 요청　要求

- 도록 하다	예 자세한 상황을 알려 주도록 하세요.
- 지요	예 저쪽으로 가서 신청서를 쓰시지요.
- 아 / 어 주다	예 창문을 닫아 주세요.
	신발을 신어 보세요.
	제품에 대해 설명해 주세요.
- 아 / 어 보다	예 관리사무실에 가 보세요.
	접수하고 순서를 기다려 보세요.
	신제품을 구경해 보세요.

'듣고 내용과 같은 것 고르기' 유형입니다.

대화나 담화를 듣고 내용과 같은 것을 고르는 것입니다. 듣기에 등장하는 지문 유형은 개인적인 대화 또는 강의, 뉴스, 인터뷰 등과 같은 담화입니다.

這是「選出和內容相同的選項」的題型。

聆聽對話或談話，選出與內容一致的選項。對話或談話的類型包括個人對話、演講、新聞、採訪等。

TIPS

1. 대화를 듣기 전에 선택지를 모두 읽으세요.

   핵심어를 확인하여 밑줄을 치고 듣기의 내용을 예측하세요.

2. 핵심어에 집중해서 들으세요.

   (1) 이 유형의 일부 문제에서는 선택지의 밑줄 친 정보가 대화에서 다른 말로 표현될 수 있습니다. 따라서 동의어나 다른 말로 바꾸어 말한 것을 잘 들어야 합니다. 대화를 들을 때에는 같은 의미로 쓰인 다른 단어나 표현에 주의하세요.

   (2) 선택지에서 밑줄 친 핵심 단어에 대한 더 자세한 정보에 집중하세요.

   (3) 장소, 날짜, 시간, 숫자, 이유, 수단, 일어난 일과 같은 구체적인 정보에 집중하세요.

3. 선택지에서 정답을 선택하세요.

----

1. 聆聽對話前請先閱讀選項。

   確認關鍵字後畫上底線，並且預測聽力的內容。

2. 專心聆聽關鍵字。

   (1) 此一類型的部分問題，其選項畫底線的資訊在對話中可以其他方式表達，因此必須仔細聆聽是否有換成同義詞或其他詞彙。聆聽對話時請多加注意當作相同意思使用的其他詞彙或表現。

   (2) 仔細聆聽選項中出現的關鍵字相關詳細資訊。

   (3) 請專心聆聽場所、日期、時間、數字、原因、方法和事件…等具體資訊。

3. 在選項中選出一個正確答案。

公式 5　聽過問題後選出和內容相同的選項

다음을 듣고 내용과 일치하는 것을 고르십시오.

> 여자 : 인터넷으로 자동차 보험에 가입하면 보험료가 싸다면서?
>
> 남자 : 응. 상품들을 직접 비교해 보고 꼼꼼하게 따져봐야 하지만 보험료는 훨씬 더 싸.
>
> 여자 : 가입하기 복잡하지 않아? 이번 보험 계약이 끝나면 나도 한번 해 볼까 하는데.
>
> 남자 : 별로 복잡하지 않던데. 신용카드가 있으면 할인을 더 받을 수 있으니까 잘 알아보고 해.

① 인터넷 자동차 보험은 보험료가 비싸다.

② 인터넷 자동차 보험은 가입 절차가 복잡하다.

③ 인터넷 자동차 보험은 회사에서 보험료를 직접 비교해 준다.

④ 인터넷 자동차 보험은 신용카드가 있으면 더 할인받을 수 있다.

公式

内容 비교하기 比較內容	선택지의 핵심어에 밑줄 치기 於選項中的關鍵詞彙底下畫線
	⬇
	들은 내용 메모하기 記錄聽到的內容

解析

① 網路汽車保險的保險費很貴。 ➡ 便宜

② 網路汽車保險的加入步驟很複雜。 ➡ 不複雜

③ 網路汽車保險由公司親自幫忙比較保險費用。 ➡ 親自比較商品

④ 網路汽車保險如果使用信用卡就能獲得優惠。

答案：④

語彙

자동차 보험 汽車保險	가입하다 加入	보험료 保險費	상품 商品	직접 直接	비교하다 比較
꼼꼼하다 仔細	계약 契約	따지다 計較	복잡하다 複雜	끝나다 結束	신용카드 信用卡
할인 優惠	알아보다 調查				

套用公式

다음을 듣고 내용과 일치하는 것을 고르십시오.

여자 : 인터넷으로 자동차 보험에 가입하면 보험료가 싸다면서?

남자 : 응. 상품들을 직접 비교해 보고 꼼꼼하게 따져봐야 하지만 보험료는 훨씬 더 싸.
　　　　　　　　　③　　　　　　　　　　　　　　　　　　　　　　　①

여자 : 가입하기 복잡하지 않아? 이번 보험 계약이 끝나면 나도 한번 해 볼까 하는데.

남자 : 별로 복잡하지 않던데. 신용카드가 있으면 할인을 더 받을 수 있으니까 잘 알아보
　　　　　　　　　　　　②

　　　고 해.

女子：聽說利用網路加入汽車保險比較便宜？

男子：嗯，必須親自比較商品且細心比較才行，但是保費便宜很多。
　　　　　　③　　　　　　　　　　　　　　　①

女子：要加入會不會很複雜呢？這次保險契約結束後，我也想試試看。

男子：不會太複雜，如果有信用卡就能獲得更優惠的價格，妳就好好比較吧。
　　　　②

① 인터넷 자동차 보험은 보험료가 ~~비싸다~~.
② 인터넷 자동차 보험은 가입 절차가 ~~복잡하다~~.
③ 인터넷 자동차 보험은 ~~회사에서~~ 보험료를 직접 비교해 준다.
④ 인터넷 자동차 보험은 신용카드가 있으면 더 할인받을 수 있다.

① 網路汽車保險的保費~~很昂貴~~。
② 網路汽車保險的加入程序~~很複雜~~。
③ 網路汽車保險~~由公司~~ 親自比較保費。
④ 網路汽車保險如果有信用卡就能獲得更優惠的價格。

TIP

선택지에 밑줄 친 부분을 중심으로 잘 듣고 선택지의 내용과 들은 내용이 일치하는지 확인하세요.
以選項中畫底線的部分為主軸，確認選項的內容是否與聽見的內容一致。

練習題 1

다음을 듣고 내용과 일치하는 것을 고르십시오.

① '행복 나눔 시장'은 기업에서 운영합니다.
② '행복 나눔 시장'은 이번 주에만 열립니다.
③ '행복 나눔 시장'에서는 어려운 이웃을 돕는 일을 합니다.
④ 기쁨 시장에서 '행복 나눔 시장'에 옷과 전자제품을 기부했습니다.

公式

內容 比較하기 比較內容	選択肢의 핵심어에 밑줄 치기　於選項中的關鍵詞彙底下畫線
	↓
	들은 내용 메모하기　記錄聽到的內容

解析

① 「幸福分享市場」是由企業經營。 ➡ 公寓管理事務所

② 「幸福分享市場」只有本週舉辦。 ➡ 每週

③ 「幸福分享市場」會協助有困難的鄰居。 ➡ 幫助有困難的鄰居的「幸福分享市場」

④ 喜悅市場捐贈衣服和電子產品給幸福分享市場。 ➡ 農產品

答案：③

語彙

안내 說明	말씀 드리다 告知	운영하다 營運	행복 幸福	나눔 分享	시장 市場
열리다 舉辦	기쁨 喜悅	기부하다 捐贈	농산물 農產品	저렴하다 低廉	판매하다 販售
예정 預定	이웃 鄰居	따뜻하다 溫暖	마음 內心	전하다 傳遞	바라다 希望

聽力短文

남자 : (딩동댕) 아파트 관리 사무소에서 안내 말씀 드리겠습니다. 매주 수요일에는 아파트 관리 사무소에서 운영하는 '행복 나눔 시장'이 열립니다. '행복 나눔 시장'은 관리 사무소 앞에서 오전 10시부터 오후 5시까지 운영합니다. 오늘은 기쁨 시장에서 기부한 농산물을 저렴한 가격에 판매할 예정입니다. 어려운 이웃을 돕는 '행복 나눔 시장'에 오셔서 주민 여러분의 따뜻한 마음을 전해 주시기 바랍니다.

男子 :〈叮咚〉公寓管理事務所報告！每個星期三會舉辦公寓管理事務所管理的「幸福分享市場」,「幸福分享市場」於管理事務所前舉辦,時間是上午 10 點到下午 5 點。今天預計將會以低廉的價格販售喜悅市場捐贈的農產品,希望大家能蒞臨幫助有困難的鄰居的「幸福分享市場」,傳達各位居民的溫暖心意。

練習題 2

다음을 듣고 내용과 일치하는 것을 고르십시오.

① 노인들의 체온 조절 능력은 뛰어납니다.
② 최근에 장마로 인한 사망 사고가 많았습니다.
③ 이번 주에는 무더위로 인한 사망 사고가 없었습니다.
④ 무더위에 노인들이 야외 활동을 오래하면 사망할 수도 있습니다.

公式

内容 비교하기 比較內容	선택지의 핵심어에 밑줄 치기 於選項關鍵字底下畫線 ↓ 들은 내용 메모하기 記錄聆聽的內容

解析

① 老人的體溫調節能力很**優秀**。 ➡ 低落

② 近來梅雨造成的死亡意外很多。 ➡ 酷暑

③ 這星期沒有因為酷暑而造成死亡意外。 ➡ 這星期也發生了類似的意外。

④ 老人長時間在戶外活動時，可能會因為酷暑而死亡。

➡ 光州有一名 70 多歲的老人在農田工作時因為呼吸困難而倒地，最後就這樣離世。

答案：④

語彙

장마 梅雨	끝나다 結束	최고 最高	기온 氣溫	오르다 提高	무더위 酷暑
사망 死亡	사고 意外	위험하다 危險	여름철 夏季	건강 健康	관리법 管理法
뜨겁다 發熱	햇볕 陽光	야외 戶外	활동 活動	오래하다 長時間	체온 體溫
상승 上升	호흡 呼吸	곤란하다 困擾	느끼다 感覺	쓰러지다 倒下	숨지다 死亡
비슷하다 差不多	일어나다 發生	조절 調節	능력 能力	떨어지다 低落	삼가다 謹慎

聽力短文

남자 : 장마가 끝나고 낮 최고 기온이 35도까지 오르면서 무더위로 인한 사망 사고가 계속되고 있습니다. 특히 어르신들의 경우에는 더 위험한데요. 어르신들을 위한 여름철 건강 관리법을 김수림 기자가 전해 드립니다.

여자 : 이렇게 뜨거운 햇볕 속에서 야외 활동을 오래하면 체온이 상승하면서 호흡이 곤란해지고 어지러움을 느끼게 됩니다. 최근 광주에서는 밭에서 일을 하던 70대 노인이 호흡 곤란을 느끼며 쓰러져 숨졌고, 이번 주에도 비슷한 사고가 일어났습니다. 특히 노인들은 체온 조절 능력이 떨어지기 때문에 오전 11시부터 오후 2시까지는 야외 활동을 삼가고 물을 많이 마셔야 합니다.

男子 : 梅雨結束後，白天的氣溫最高上升至 35 度，酷暑造成的死亡意外持續不斷。特別是年長者更是危險，記者金秀琳報導了年長者的夏季健康管理法。

女子 : 天氣這麼炎熱，若是在戶外活動太久，體溫就會上升，呼吸也會變困難且覺得暈眩。最近光州有一名 70 多歲的老人在農田工作時因為呼吸困難而倒地，最後就這樣離世，這星期也發生了類似的意外。特別是老人的體溫調節能力較差，上午 11 點到下午 2 點最好盡量少在戶外活動，而且要多喝水。

'중심 생각을 고르는 유형'은 두 사람의 대화를 듣고 '남자' 또는 '여자'의 중심 생각을 고르는 문제입니다. 중심 생각은 화자가 전달하고자 하는 특정한 정보입니

這是「選出重點想法」的題型。
聆聽兩人對話後，選出男子或女子的重點想法。重點想法是指話者想傳達的特定資訊。

TIPS

1. 대화를 듣기 전에 문제를 읽으세요.

   '남자' 또는 '여자'의 중심 생각 중 질문이 무엇인지 확인하세요.

2. 핵심어를 확인하여 밑줄을 치고 대화의 내용을 생각해 보세요.

3. 들을 때 [1.]에서 결정한 사람의 말에 집중하세요.

   (1) 의문사로 묻고 답하는 경우 대답에 주의하세요.

   (2) 생각이나 느낌을 의미하는 단어에 집중하세요.

4. 선택지에서 정답을 선택하세요.

---

1. 聆聽對話前請先閱讀問題。

   確認問題是在詢問男子或女子的重點想法。

2. 確認關鍵字後畫底線，並且思考對話內容。

3. 聆聽對話內容時，請專注於 [1.] 中決定的人物所說的話。

   (1) 出現疑問詞問答時，請注意回答。

   (2) 請專注於代表想法或感覺的詞彙。

4. 在選項中選出一個正確答案。

公式 6 選出重點想法的題型

다음을 듣고 남자의 중심 생각을 고르십시오.

> 여자 : 선생님, 요리할 때 조미료를 사용하는데요. 조미료를 사용할 때도 순서가 있다면서요?
>
> 남자 : 네, 그렇습니다. 각각의 조미료는 특성을 가지고 있습니다. 따라서 조미료의 특성을 고려해서 사용 순서를 정해야 합니다.
>
> 여자 : 우리가 흔히 쓰는 소금과 설탕은 어떤가요?
>
> 남자 : 국물에 설탕과 소금을 사용할 때에는 설탕을 소금보다 먼저 넣어야 합니다. 왜냐하면 설탕은 소금보다 크기가 작기 때문에 재료에 더 빨리 흡수되기 때문입니다. 게다가 소금은 재료를 꽉 조여 주는 효과가 있어 소금을 먼저 넣으면 설탕의 흡수를 방해합니다.

① 조미료는 사용하면 안 된다.   ② 조미료는 서로 영향을 주지 않는다.
③ 조미료는 한 가지 특성을 가지고 있다.   ④ 조미료는 특성에 따라 사용 순서가 다르다.

公式

중심 생각과 관계있는 문장 찾기	找出與重點想法有關的句子
여자 女子	조미료를 사용할 때도 순서가 있다면서요? 聽說使用調味料時也有一定的順序？
남자 男子	각각의 조미료는 특성을 가지고 있습니다. 每種調味料都有其特性。
	따라서 조미료의 특성을 고려해서 사용 순서를 정해야 합니다. 因此要考慮調味料的特性後決定使用的順序。

⇨ 중심 생각 重點想法

解析

① 不能使用調味料。 ➡ 與此一文章沒關係的內容
② 調味料互相不會造成影響。 ➡ 先加鹽巴就會妨礙砂糖的吸收。
③ 調味料具備一種特性。 ➡ 每個調味料
④ 調味料的使用順序依照特性而不同。 ➡ 重點想法

答案：④

語彙

요리하다 料理	조미료 調味料	사용하다 使用	순서 順序	각각 各自	특성 特性
가지다 具備	고려하다 考慮	정하다 決定	흔히 經常	소금 鹽	설탕 砂糖
국물 湯汁	~보다 相較於～	먼저 首先	넣다 加入	크기 體積	작다 少
흡수되다 被吸收	조이다 緊縮	효과 效果	방해하다 妨礙		

套用公式

다음을 듣고 남자의 중심 생각을 고르십시오.

여자 : 선생님, 요리할 때 조미료를 사용하는데요. 조미료를 사용할 때도 순서가 있다면서요?
①

남자 : 네, 그렇습니다. 각각의 조미료는 특성을 가지고 있습니다. 따라서 **조미료의 특성을 고**
③
려해서 사용 순서를 정해야 합니다.

여자 : 우리가 흔히 쓰는 소금과 설탕은 어떤가요?

남자 : 국물에 설탕과 소금을 사용할 때에는 설탕을 소금보다 먼저 넣어야 합니다. 왜냐하면
설탕은 소금보다 크기가 작기 때문에 재료에 더 빨리 흡수되기 때문입니다. 게다가 소
금은 재료를 꽉 조여 주는 효과가 있어 소금을 먼저 넣으면 설탕의 흡수를 방해합니다.
②

女子：老師，製作料理時要使用調味料，但聽說使用調味料時也有一定的順序？
①

男子：對，沒錯！每種調味料都有其特性，因此要考慮調味料的特性後決定使
③
用的順序。

女子：我們常使用的鹽巴和砂糖順序是如何呢？

男子：湯要添加砂糖和鹽巴時，砂糖要比鹽巴先放入！因為砂糖的體積比鹽巴
小，被食材吸收的速度比較快，而且鹽巴具備讓食材收縮的效果，先放
入鹽巴會妨礙砂糖的吸收效果。
②

① 조미료는 사용하면 안 된다.
② 조미료는 서로 영향을 주지 않는다.
③ 조미료는 한 가지 특성을 가지고 있다.
④ **조미료는 특성에 따라 사용 순서가 다르다.**

① 不能使用調味料。
② 調味料不會互相造成影響。
③ 調味料具備一種特性。
④ 調味料的使用順序依照特性而不同。

TIP

44쪽을 참고하여 생각이나 느낌을 표현하는 단서를 확인하세요.
請參考 44 頁確認表現想法或感覺的提示。

練習題 1

다음을 듣고 남자의 중심 생각을 고르십시오.

① 과일을 많이 먹어야 한다.
② 흐린 날에는 자외선이 없다.
③ 자외선은 눈 건강에 영향을 주지 않는다.
④ 눈 건강을 위해 흐린 날에도 선글라스를 챙겨야 한다.

公式

중심 생각과 관계있는 문장 찾기	找出與重點想法有關的句子
여자　女子	꼭 지켜야 하는 관리법이 있을까요?　有沒有一定要遵守的管理法呢?
남자　男子	그래서 저는 선글라스를 이용합니다.　所以我會戴墨鏡。
	그래서 흐린 날에도 선글라스를 챙기는 것이 좋습니다.　所以陰天時最好也要戴墨鏡。

⇨ 중심 생각　重點想法

解析

① ~~必須多吃水果。~~ ➡ 女子的想法
② 陰天時沒有紫外線。 ➡ 陰天時皮膚也會受紫外線影響。
③ 紫外線對眼睛的健康不會造成影響。 ➡ 紫外線對眼睛的健康不好。
④ 為了眼睛的健康著想,陰天時也必須戴墨鏡。 ➡ 重點想法

答案:④

語彙

건강	관리법	평소	자외선	선글라스	이용하다	챙기다
健康	管理法	平常	紫外線	墨鏡	利用	準備

외출하다	쓰다	피로	줄이다	차단하다	흐리다
外出	使用	疲勞	減少	阻斷	陰暗的

聽力短文

여자 : 선생님, 저는 눈 건강을 위해 평소에 과일을 많이 먹는데요. 건강한 눈 관리를 위해 꼭 지켜야
　　　하는 관리법이 있을까요?
남자 : 자외선은 눈 건강에 좋지 않습니다. 그래서 저는 선글라스를 이용합니다. 외출할 때 선글라스
　　　를 쓰면 눈의 피로를 줄이고 자외선을 차단할 수 있습니다.
여자 : 흐린 날에도 선글라스를 써야 하나요?
남자 : 흐린 날에도 피부는 자외선의 영향을 받습니다. 그래서 흐린 날에도 선글라스를 챙기는 것이
　　　좋습니다.

女子 : 醫生,為了眼睛的健康,我平常都吃很多水果。想要保護眼睛的健康,有哪些必
　　　須遵守的管理法呢?
男子 : 紫外線對健康不好,所以我都會戴墨鏡,外出時戴墨鏡可降低眼睛的疲勞和阻隔
　　　紫外線。
女子 : 陰天時也必須戴墨鏡嗎?
男子 : 陰天時皮膚也會受紫外線影響,所以陰天時最好也要戴墨鏡。

練習題 2

다음을 듣고 남자의 중심 생각을 고르십시오.

① 수업에 흥미가 없는 학생들이 너무 많다.　② 체험 활동은 학교생활의 흥미를 잃게 한다.

③ 학생들이 행복하게 학교생활을 해야 한다.　④ 선생님들이 너무 많은 학생들을 가르친다.

公式

중심 생각과 관계있는 문장 찾기 找出與重點想法有關的句子	
여자　女子	'행복 교실'을 운영하시는 특별한 이유가 있나요? 舉辦「幸福教室」是否有特殊的理由呢？
남자　男子	저는 학생들이 행복하게 학교생활을 했으면 좋겠습니다. 我希望學生們能過著幸福的校園生活。

⇨ 중심 생각　重點想法

解析

① 對上課缺乏興致的學生太多了。➡ 也有學生無法從課業中獲得樂趣。

② 體驗活動讓學生失去學校生活的樂趣。➡ 我想讓學生透過體驗活動感受到學習的樂趣。

③ 學生們必須幸福地過校園生活。➡ 重點想法

④ 老師們指導的學生太多了。➡ 一名老師必須指導超過二十名的學生〈詳細內容〉

答案：③

語彙

학교생활 學校生活	적응하다 適應	특별히 特別	행복 幸福	운영하다 經營	이유 原因	활동 活動	느끼다 感覺
개인 個人	속도 速度	다르다 不同	환경 環境	가르치다 指導	상황 狀況	배우다 學習	
수업 課業	흥미 興致	잃다 失去	생기다 產生	다양하다 各式各樣	체험 體驗	즐거움 愉快	

聽力短文

여자 : 선생님께서는 학교생활에 적응하지 못하는 학생들을 위해 특별히 '행복 교실'을 운영하고 계신데요. '행복 교실'을 운영하시는 특별한 이유가 있나요?

남자 : 저는 학생들이 행복하게 학교생활을 했으면 좋겠습니다. 학생들은 개인마다 공부를 받아들이는 속도도 다르고 환경도 다르기 때문에 수업에 흥미를 느끼지 못하는 학생도 있습니다. 또 선생님 한 분이 스무 명이 넘는 학생들을 가르쳐야 하는 지금의 상황에서는 수업을 잘 따라가지 못하는 학생이 생길 수밖에 없습니다. 이런 학생들이 행복 교실의 다양한 체험 활동을 통해 배우는 즐거움을 느끼게 하고 싶었습니다.

女子：老師們為了無法適應校園生活的學生特別籌備了「幸福教室」，但舉辦「幸福教室」是否有特殊的理由呢？

男子：我希望學生們能過著幸福的校園生活，學生們各自吸收課業內容的速度不同且環境也不一樣，有些學生無法從課業中獲得樂趣。另外，一名老師必須指導超過二十名的學生，以現今的情況來說，會出現無法跟上課業進度的學生是很正常的。我想讓這一類的學生透過體驗活動感受到學習的樂趣。

43

附 錄

適合重點想法的表達方式

1. 접속부사　連接副詞

1) 그래서 / 따라서 + 중심 생각　所以 / 因此 + 重點想法

앞의 내용이 원인 또는 이유임을 표시합니다.
代表前面的內容是原因或理由。

2) 하지만 + 중심 생각　但是 + 重點想法

앞의 내용을 인정하면서 반대 관계임을 표시합니다.
認同前面的內容且代表相反的關係。

2. 생각과 느낌을 표현하는 문장　表現想法或感覺的句子

1) 중심 생각 + 좋다　重點想法 + 好

- –는 게 좋죠.
- ~게 좋다고 봐.
- ~건 좋은 것 같아요.
- ~은 좋은 일이잖아요.

2) 중심 생각 + 중요하다　重點想法 + 重要

- ~이 무엇보다 중요합니다.
- ~이 중요한데
- –는 게 중요하다고 봅니다.
- ~것을 중요하게 생각했습니다.

3) 중심 생각 + 생각하다 / 생각보다 괜찮다　重點想法 + 思考 / 比想像中還不錯

- ~고 생각합니다.
- ~도 생각보다 괜찮아.

4) 기타　其他

- – 고 싶은
- – 고 싶기 때문입니다.
- – (으)ㄹ 필요가 있어.
- ~해 보세요.
- 무엇보다~
- 오히려~
- ~을 최우선으로 생각했습니다.

參考公式 7~11

'듣고 두 문제에 답하기' 유형입니다.

이 유형의 지문은 개인적 대화, 인터뷰, 연설, 토론, 축사 등으로 구성됩니다.

這是「聽過內容後回答兩個問題」的題型。

此題型的內容可能是個人對話、採訪、演說、討論、祝賀詞等。

TIPS

1. 대화를 듣기 전에 문제와 선택지를 모두 읽으세요.

   (1) 46쪽을 참고하여 문제의 유형을 확인하세요.

   (2) 핵심어를 확인하여 밑줄을 치고 대화의 내용을 생각해 보세요.

2. 핵심어에 집중해서 들으세요.

   (1) 이 유형의 일부 문제에서는 선택지의 밑줄 친 정보가 대화에서 다른 말로 표현될 수 있습니다. 따라서 동의어나 다른 말로 바꾸어 말한 것을 잘 들어야 합니다. 대화를 들을 때에는 같은 의미로 쓰인 다른 단어나 표현에 주의하세요.

   (2) 선택지에서 밑줄 친 핵심 단어에 대한 더 자세한 정보에 집중하세요.

   (3) 장소, 날짜, 시간, 숫자, 이유, 수단, 일어난 일과 같은 구체적인 정보에 집중하세요.

3. 선택지에서 정답을 선택하세요.

----

1. 聆聽對話前請先閱讀選項與問題。

   (1) 請參考 46 頁確認問題的類型。

   (2) 確認關鍵字後畫底線，然後思考對話內容。

2. 請仔細聆聽關鍵字。

   (1) 此一類型的部分問題其選項畫線的資訊可能會以其他用語表達，因此，應仔細聆聽同義詞或其他用語。聆聽對話時請多加留意相同意義的其他詞彙或表達方式。

   (2) 仔細聆聽選項中出現的關鍵字相關詳細資訊。

   (3) 仔細聆聽場所、日期、時間、數字、原因、手段和發生之事件等具體的資訊。

3. 請在選項中找出正確答案。

문제 유형 問題類型	
문제 1 問題 1	**문제 2** 問題 2
인물의 중심 생각 고르기 選擇人物的重點想法 ➡ 유형 5를 참고하세요. 請參考題型 5	듣고 내용과 같은 것 고르기 選擇與對話一致的內容 ➡ 유형 4를 참고하세요. 參考題型 4
인물의 말하기 방식 고르기 選擇人物說話的方式	
인물의 의도 고르기 選擇人物的意圖	
인물의 직업 고르기 選擇人物的職業	
제목 고르기 選擇標題	
인물의 생각 고르기 選擇人物的想法	인물의 태도 고르기 選擇人物的態度

人物說話的方式 +
聽完問題後選出和內容相同的選項

다음을 듣고 물음에 답하십시오.

남자 : (전화벨 소리) 거기 문화호텔이죠? 10월 10일에 결혼할 예정인데요. 야외 결혼식장을 예약할 수 있나요?

여자 : 네, 고객님. 야외 결혼식장은 200명까지 가능하고요. 야외 예식을 위해 각종 장비와 조명시설을 모두 갖추고 있습니다.

남자 : 야외 예식이 인기가 많은가요?

여자 : 네, 요즘에는 야외에서 파티를 겸해서 하는 예식이 유행이어서 야외 예식이 인기가 많습니다. 그리고 저녁 예식의 경우에는 이번 달까지 예약하시면 추가 할인까지 받으실 수 있습니다. 결혼식장도 둘러보실 겸 직접 방문해 주시면 자세하게 상담해 드리겠습니다.

▌문제 1▌ 남자는 무엇을 하고 있는지 맞는 것을 고르십시오.

① 결혼식장에 가고 있다.　　　　② 결혼식장을 문의하고 있다.
③ 결혼식장을 소개하고 있다.　　④ 결혼식장의 위치를 묻고 있다.

▌문제 2▌ 들은 내용과 일치하는 것을 고르십시오.

① 남자는 문화호텔에 근무합니다.
② 자세한 상담은 인터넷으로 해야 합니다.
③ 야외 결혼식장은 조명 시설을 갖추고 있습니다.
④ 다음 달까지 예약하면 추가로 할인을 받을 수 있습니다.

公式

┃問題 1┃

아래 표를 참고하여 인물이 무엇을 하고 있는지 고르세요.

參考下表後選出人物在做些什麼。

강조	強調		권유	建議
동조	同情		반박	反駁
부탁	拜託		비판	批判
설명	說明		수용	接納 / 接受
수정	修改		위로	安慰
전달	轉達		조언	忠告
책임	責任		홍보	宣傳
확인	確認		기타	其他

┃問題 2┃

선택지에 밑줄 친 부분을 중심으로 잘 듣고 선택지의 내용과 들은 내용이 일치하는지 확인하세요. 유형 4를 참고하세요.

以選項中畫底線的部分為重點，確認選項內容與聽力內容是否一致，參考題型 4。

解析

┃問題 1┃ 男子在做什麼呢？請選出正確的選項。

① 他正在前往結婚禮堂。　　② 他正在諮詢結婚禮堂的事情。

③ 他正在介紹結婚禮堂。　　④ 他正在詢問結婚禮堂的位置。

➡ 可以預約戶外結婚禮堂嗎？

答案：②

┃問題 2┃ 聆聽內容後選出正確答案。

① 男子就職於文化飯店。 ➡ 女子

② 詳細諮詢應該透過網路。 ➡ 親自拜訪

③ 戶外結婚禮堂有照明設施。

④ 干個月前預約就能獲得額外的優惠。 ➡ 這個月

答案：③

語彙

결혼하다 結婚	예정 預定	야외 戶外	결혼식장 結婚禮堂	사용 使用	가능하다 可能
상담하다 諮詢	참석하다 參加	인원 人員	예식 儀式	각종 各種	장비 裝備
조명 시설 照明設施	갖추다 具備	요즘 最近	겸하다 兼任	유행 流行	인기 人氣
예약하다 預約	추가 附加	할인 優惠	둘러보다 環視	방문하다 拜訪	

套用公式

다음 글을 읽고 물음에 답하십시오.

남자 : (전화벨 소리) 거기 문화호텔이죠? 10월 10일에 결혼할 예정인데요. 야외 결혼식장을 예약할 수 있나요?

여자 : 네, 고객님. 야외 결혼식장은 200명까지 가능하고요. 야외 예식을 위해 각종 장비와
　　　①
조명시설을 모두 갖추고 있습니다.

남자 : 야외 예식이 인기가 많은가요?

여자 : 네, 요즘에는 야외에서 파티를 겸해서 하는 예식이 유행이어서 야외 예식이 인기가

많습니다. 그리고 저녁 예식의 경우에는 이번 달까지 예약하시면 추가 할인까지 받
　　　　　　　　　　　　　　　　　　　　　　　　　　　④
으실 수 있습니다. 결혼식장도 둘러보실 겸 직접 방문해 주시면 자세하게 상담해 드
　　　　　　　　　　　　　　　　②
리겠습니다.

男子 : 〈電話鈴聲〉請問是文化飯店吧？我預計 10 月 10 日要舉辦婚禮，是否可以預約戶外結婚禮堂？

女子 : 是的，顧客，戶外結婚禮堂可容納 200 個人，備有戶外婚禮所需的各種
　　　　　　　①
設備與照明設施。

男子 : 戶外結婚典禮很受歡迎嗎？

女子 : 是的，最近很流行在戶外舉辦派對的婚禮儀式，戶外婚禮儀式很受歡迎，而且以晚上的婚禮來說，這個月內預約可獲得額外的優惠。只要您
　　　　　　　　　　　　　　　　　④
來參觀結婚禮堂，並且親自來一趟，就能為您詳細解說。
　　　　　　　　　②

┃問題 1 ┃ 남자는 무엇을 하고 있는지 맞는 것을 고르십시오.

男子在做什麼呢？請選出正確的選項。

① 결혼식장에 가고 있다.　　　　② 결혼식장을 문의하고 있다.
③ 결혼식장을 소개하고 있다.　　④ 결혼식장의 위치를 묻고 있다.

① 他正在前往結婚禮堂。　　　　② 他正在諮詢結婚禮堂的事情。
③ 他正在介紹結婚禮堂。　　　　④ 他正在詢問結婚禮堂的位置。

┃問題 2 ┃ 들은 내용으로 맞는 것을 고르십시오.

請選出正確的選項。

① 남자는 문화호텔에 근무합니다.
② 자세한 상담은 인터넷으로 해야 합니다.
③ 야외 결혼식장은 조명 시설을 갖추고 있습니다.
④ 다음 달까지 예약하면 추가로 할인을 받을 수 있습니다.

① 男子就職於文化飯店。
② 詳細諮詢應該透過網路。
③ 戶外結婚禮堂有照明設施。
④ 下個月前預約就能獲得額外的優惠。

내용 비교하기 比較內容	선택지의 핵심어에 밑줄치기 選項關鍵字畫底線 ↓ 들은 내용 메모하기 記錄聆聽的內容

練習題 1

다음을 듣고 물음에 답하십시오.

┃문제 1┃ 남자는 무엇을 하고 있는지 맞는 것을 고르십시오.

① 중소기업인들의 노력을 평가하고 있다.
② 중소기업의 어려움을 보고하고 있다.
③ 중소기업의 문제점을 분석하고 있다.
④ 중소기업에 대한 세금 문제를 제기하고 있다.

┃문제 2┃ 들은 내용으로 맞는 것을 고르십시오.

① 간담회는 중소기업인의 날에 마련되었다.
② 모든 중소기업이 세금 혜택을 받을 것이다.
③ 중소기업은 어려운 환경에서도 일자리 창출에 힘썼다.
④ 대기업은 중소기업에 비해 자본과 인력 등에서 어려움을 겪고 있다.

公式

┃問題1┃

강조	強調	권유	建議
동조	同情	반박	反駁
부탁	拜託	비판	批判
설명	說明	수용	接納 / 接受
수정	更正	위로	安慰
전달	轉達	조언	忠告
책임	責任	홍보	宣傳
확인	確認	기타	其他

┃問題2┃

선택지에 밑줄 친 부분을 중심으로 잘 듣고 선택지의 내용과 들은 내용이 일치하는지 확인하세요. 유형 4를 참고하세요.

以選項中畫底線的部分為重點，確認選項內容與聽力內容是否一致，參考題型 4。

解析

問題1 男子在做什麼呢？選出正確的答案。

儘管相較於大企業，在資本與人力等方面經歷了許多困難，但各位依然致力於出口與創造就業機會，我代表國民表達感謝之意。 ➡ 他正在評論中小企業的努力。

答案：①

問題2 聆聽內容後選出正確答案。

① 座談會於中小企業人之日舉辦。 ➡ 中小企業人之日前一天舉辦

② 所有中小企業皆能獲得稅金優惠。 ➡ 優秀

③ 中小企業在艱困的環境下也努力創造工作機會。

④ 大企業相較於中小企業資本與人力等方面經歷困境。

➡ 中小企業經歷的困境高於大企業。

答案：③

語彙

간담회	경제	상황	활동	애쓰다	중소기업	목소리
座談會	經濟	狀況	活動	費心	中小企業	聲音
환영하다	기업인	앞두다	자리	기쁘다	참석하다	정책
歡迎	企業人	即將來臨	位子	喜悅	參加	政策
자본	인력	대기업	겪다	수출	일자리	반영되다
資本	人力	大企業	經歷	出口	工作機會	反映
창출	힘쓰다	노력	정부	우수	대상	
創造	用力	努力	政府	優秀	對象	
세금	혜택	늘리다	부담	줄이다	현장	
稅金	優惠	增加	負擔	減少	現場	

聽力短文

남자：간담회에 참석해 주신 여러분, 그리고 어려운 경제 상황에서도 기업 활동에 애쓰시는 중소기업 대표님, 진심으로 환영합니다. 중소기업인의 날을 하루 앞두고 이 자리에 참석하게 된 것을 기쁘게 생각합니다. 자본과 인력 등에서 대기업에 비해 많은 어려움을 겪으면서도 수출과 일자리 창출에 힘쓰시는 여러분들의 노력을 전 국민을 대표해서 감사하게 생각합니다. 정부는 앞으로 우수 중소기업을 대상으로 세금 혜택을 늘려 경제적 부담을 줄여 드리도록 하겠습니다. 그리고 기업 현장의 목소리가 정책에 반영될 수 있도록 노력하겠습니다. 감사합니다.

男子：參加座談會的各位貴賓，以及在經濟艱困的環境下依然致力於企業活動的中小企業代表，衷心歡迎各位的蒞臨。在中小企業人之日的前一天能參加本座談會，本人感到相當開心。儘管相較於大企業，在資本與人力等方面經歷了許多困難，但各位依然致力於出口與創造就業機會，我代表國民表達感謝之意。往後政府會提升優秀中小企業之稅金優惠，降低中小企業的經濟負擔。並且會努力讓企業的聲音反映在政策上，謝謝。

練習題 2

다음을 듣고 물음에 답하십시오.

┃문제 1┃ 남자가 무엇을 하고 있는지 맞는 것을 고르십시오.

① 공원의 위치를 확인하고 있다.
② 공원까지 가는 길에 대해 묻고 있다.
③ 캠핑하려는 곳에 숙박 예약을 하고 있다.
④ 공원에서 진행하는 프로그램에 대해 문의하고 있다.

┃문제 2┃ 들은 내용으로 맞는 것을 고르십시오.

① '나무로 만들기'는 단체만 이용할 수 있다.
② 남자는 가족과 주중에 캠핑장을 이용할 예정이다.
③ 생태 학습 프로그램은 전화로 사전에 예약해야 한다.
④ 공원에서는 가족을 위한 체험 프로그램을 운영 중이다.

公式

┃問題 1┃

강조	強調	권유	建議
동조	同情	반박	反駁
부탁	拜託	비판	批判
설명	說明	수용	接納 / 接受
수정	更正	위로	安慰
전달	轉達	조언	忠告
책임	責任	홍보	宣傳
확인	確認	기타	其他

┃問題 2┃

선택지에 밑줄 친 부분을 중심으로 잘 듣고 선택지의 내용과 들은 내용이 일치하는지 확인하세요. 유형 4를 참고하세요.

以選項中畫底線的部分為重點，確認選項內容與聽力內容是否一致，參考題型 4。

解析

▌問題 1▐ 男子在做什麼呢？選出正確的答案。

從男子的第二句話中可找到提示，因為他說：「想要預約在公園進行的生態學習課程」，
因此答案是 ④。

答案：④

▌問題 2▐ 聆聽內容後選出正確答案。

① 「使用木頭製作」只有團體可使用。 ➡ 家庭體驗課程

② 男子預計平日要和家人去露營區。 ➡ 星期天

③ 生態學習課程須在事前使用電話預約。 ➡ 只能透過網路

④ 公園目前在舉辦家庭體驗課程。

答案：④

語彙

고객 顧客	캠핑장 露營區	진행하다 進行	생태 生態	학습 學習	프로그램 課程
체험 體驗	홈페이지 官網	방문하다 訪問	자세하다 詳細	확인하다 確認	

聽力短文

남자 : 여보세요. 하늘공원이죠?

여자 : 네, 고객님. 무엇을 도와 드릴까요?

남자 : 다음 주 일요일에 가족 캠핑장을 예약했는데요. 공원에서 진행하는 생태 학습 프로그램을 예약
하고 싶어서요.

여자 : 네, 생태 학습 프로그램은 신청하는 사람이 많아서 인터넷으로만 예약할 수 있습니다.

남자 : 아, 그렇군요. 그러면 아이들과 함께 할 수 있는 가족 체험 프로그램도 있나요?

여자 : 네, 주말에는 오후 1시부터 3시까지 '나무로 만들기' 프로그램이 있습니다. 공원 홈페이지에 방
문하시면 자세한 내용을 확인할 수 있습니다.

男子：喂，是天空公園嗎？

女子：是，顧客，需要什麼服務呢？

男子：我預約了下星期天的家庭露營區，但我現在想要預約在公園進行的生態學習課程。

女子：是，生態學習課程的報名人數太多了，所以只能透過網路預約。

男子：啊，原來如此！那是否有能和小朋友們一起進行的家庭體驗課程呢？

女子：有，週末下午 1 點到 3 點之間有「使用木頭製作」的課程，只要到公園的官網就
能瀏覽詳細的內容。

公式 8　選出人物的意圖

다음을 듣고 물음에 답하십시오.

> 여자 : 선생님, 제가 다음 달에 한국어 말하기 대회에 나가게 됐는데 조언 좀 해 주세요.
>
> 남자 : 준비는 많이 했어요?
>
> 여자 : 주제는 정했는데 자료 구하기가 너무 어려워요. 그래서 한국에 와서 친구들과 다양한 체험을 하면서 찍은 사진이나 비디오를 활용하려고 하는데요. 괜찮을까요?
>
> 남자 : 좋은 생각이에요. 하지만 시간이 제한되어 있어서 꼭 필요한 자료가 아니면 오히려 도움이 안될 수도 있어요. 우선 주제에 맞게 자료를 정리하고 내용을 구성해 보세요.

여자가 남자에게 말하는 의도를 고르십시오.

① 한국어 말하기 대회의 중요성을 홍보하기 위해
② 한국어 말하기 대회에 사용할 자료를 확인하기 위해
③ 한국어 말하기 대회 참가에 필요한 조언을 얻기 위해
④ 한국어 말하기 대회에 필요한 자료를 부탁하기 위해

公式

인물의 말을 집중해서 듣고 선택지에 밑줄 친 부분이 대화의 목적인지 확인하세요.
專心聆聽人物說話的內容，確認畫底線部分是否為對話的目的。

解析

女子：老師，我下個月要參加韓文演講比賽，請給我一點建議。

➡ 為了取得參加韓文演講比賽的建議。

答案：③

語彙

나가다	조언	준비	주제	정하다	자료
出去	建議	準備	主題	決定	資料
구하다	다양하다	체험	사진	비디오	활용하다
取得	各式各樣	體驗	相片	影像	運用
생각	제한되다	필요하다	정리하다	내용	구성하다
想法	受到限制	需要	整理	內容	組成

套用公式

여자가 남자에게 말하는 의도를 고르십시오.

> 여자 : 선생님, 제가 다음 달에 한국어 말하기 대회에 나가게 됐는데 조언 좀 해주세요.
> 남자 : 준비는 많이 했어요?
> 여자 : 주제는 정했는데 자료 구하기가 너무 어려워요. 그래서 한국에 와서 친구들과 다양한 체험을 하면서 찍은 사진이나 비디오를 활용하려고 하는데요. 괜찮을까요?
> 남자 : 좋은 생각이에요. 하지만 시간이 제한되어 있어서 꼭 필요한 자료가 아니면 오히려 도움이 안될 수도 있어요. 우선 주제에 맞게 자료를 정리하고 내용을 구성해 보세요.
>
> 女子：老師，我下個月要參加韓文演講比賽，請給我一點建議。
> 男子：妳做好充分的準備了嗎？
> 女子：主題已經決定了，但要找資料太困難了，所以我想利用在韓國跟朋友們進行各種體驗時所拍攝的照片和影片，您覺得怎麼樣呢？
> 男子：好主意，但因為時間受到限制，如果不是必要的資料，反而沒有幫助。妳先試著依照主題整理資料後再組織內容吧。

인물의 의도　人物的意圖	
여자　女子	남자　男子
한국어 말하기 대회에 나가게 됐는데 조언 좀 해주세요. 我要參加韓文演講比賽，請給我一點建議。	

① 한국어 말하기 대회의 중요성을 홍보하기 위해
② 한국어 말하기 대회에 사용할 자료를 확인하기 위해
③ 한국어 말하기 대회 참가에 필요한 조언을 얻기 위해
④ 한국어 말하기 대회에 필요한 자료를 부탁하기 위해

① 為了宣傳韓文演講比賽的重要性
② 為了確認韓文演講比賽要使用的資料
③ 為了取得參加韓文演講比賽所需要的建議
④ 為了請對方給予韓文演講比賽需要的資料

練習題 1

여자가 남자에게 말하는 의도를 고르십시오.

① 면접의 중요성을 알리기 위해서
② 모의 면접 결과를 확인하기 위해서
③ 면접에 대한 자료를 부탁하기 위해서
④ 면접 예상 질문에 대한 점검을 부탁하기 위해서

公式

인물의 말을 집중해서 듣고 선택지에 밑줄 친 부분이 대화의 목적인지 확인하세요.
專心聆聽人物說話的內容，確認畫底線部分是否為對話的目的。

解析

女子：這是我預想的問題，可以幫我檢查一下嗎？

➡ 拜託他人幫忙檢查面試預想問題。

答案：④

語彙

면접	걱정	역할	연습	모의	시험
面試	擔心	作用	練習	模擬	試驗

결과	발음	정확하다	준비	예상	점검
結果	發音	準確	準備	預測	檢驗

부탁하다	철저히	필요	떨어지다
拜託	徹底	需要	落榜

聽力短文

여자 : 선생님, 이번 주가 면접인데 어떻게 하면 좋죠? 너무 걱정돼요.
남자 : 그동안 다른 친구들과 연습 많이 했잖아. 그리고 지난번 모의 면접시험에서 결과도 좋았는데, 뭐가 걱정이야?
여자 : 다른 친구들은 발음도 정확하고 저보다 연습도 많이 했는데 저는 준비를 많이 못했어요. 이건 예상 질문인데 점검 좀 부탁드려도 될까요?
남자 : 좋아. 음…. 그래도 준비를 철저히 했는데? 이 정도 준비했으면 걱정할 필요가 없을 것 같아.
여자 : 그래도 지난번처럼 또 떨어질까 봐 걱정이에요.

女子：老師，我這星期要面試，該怎麼做才好呢？我好擔心。
男子：這段期間妳不是和其他朋友練習很多次了嗎？而且妳上次的模擬面試測驗成績也不錯呀，有什麼好擔心的呢？
女子：其他朋友的發音也很精準，練習的次數也比我更多，我沒能做好太多的準備。這是我預想的問題，可以幫我檢查一下嗎？
男子：好，嗯…不過你已經做好完善的準備了？準備到這種程度，大概就不需要擔心了吧。
女子：不過我很擔心又像上次一樣落榜。

練習題 2

여자가 남자에게 말하는 의도를 고르십시오.

① 골목길의 중요성을 알리기 위해
② 관광하는 방법을 설명하기 위해
③ 골목길 관광에 참여할 것을 권유하기 위해
④ 관광객의 잘못된 행동에 불만을 표시하기 위해

公式

인물의 말을 집중해서 듣고 선택지에 밑줄 친 부분이 대화의 목적인지 확인하세요.
專心聆聽人物說話的內容，確認畫底線部分是否為對話的目的。

解析

女子：不過等待的人們那樣大聲說話，會不會對村裡的人造成生活不便呢？明明就有告示板，但大家似乎都視若無睹呢。

➡ 表達對觀光客錯誤行為的不滿。

答案：4

語彙

유명하다	골목길	벽화	텔레비전	소개되다	관광객
有名	巷道	壁畫	電視	介紹	觀光客
기다리다	크다	소리	생활하다	불편하다	안내
等待	大	聲音	生活	不方便	導覽
표지판	무시하다	시끄럽다	멋지다	추억	
標示板	忽視	吵雜	精彩	回憶	

聽力短文

남자 : 여기는 원래 유명하지 않은 곳이었는데 골목길에 벽화가 그려진 이후로 유명해진 곳이야. 텔레비전에 소개되고 나서 관광객이 많아졌어. 우리도 사진 찍고 가자.

여자 : 그런데 기다리는 사람들이 저렇게 큰 소리로 말하면 마을 사람들이 생활하는 데 불편하지 않을까? 안내 표지판이 있는데도 사람들이 그냥 무시하는 것 같아.

남자 : 관광객을 안내하는 사람들이 미리 말해 주면 좋을 텐데. 너무 시끄럽다.

여자 : 맞아. 이 골목이 멋진 추억의 장소가 되려면 관광도 좋지만 주민들이 불편해하지 않도록 해야 할 것 같아.

男子：這裡本來並非知名的地方，自從在巷子畫上壁畫後就變有名了。電視介紹後，觀光客就變多，我們也去拍照吧。

女子：不過等待的人們那樣大聲說話，會不會對村裡的人造成生活不便呢？明明就有告示板，但大家似乎都視若無睹呢。

男子：導覽觀光客的人如果能事先說明就好了，太吵了。

女子：沒錯，若是這個巷子想變成精彩的回憶景點，觀光是不錯，但不該造成居民的不方便。

公式 9　選出人物的職業

다음을 듣고 물음에 답하십시오.

> 여자 : 세기의 바둑 대결에서 비록 세 번의 패배를 했지만 오늘 드디어 승리를 하셨는데요. 축하드립니다. 오늘 경기를 앞두고 특별히 준비하신 점이 있으셨는지요?
>
> 남자 : 한 게임을 승리했을 뿐인데 이렇게 많은 축하를 받아 보기는 처음입니다. 어제까지의 패배는 제가 진 것이지 인간의 패배가 아닙니다. 패배의 가장 중요한 요인은 역시 실력 문제라고 생각합니다. 확실히 인공 지능 로봇은 제가 예상했던 것보다 강합니다. 그래서 마지막까지 단점을 파악하기 위해 최선을 다했습니다. 오늘 승리는 어떤 승리와도 바꿀 수 없을 것 같습니다.
>
> 여자 : 내일 경기를 앞두고 부담이 크실 텐데요. 내일 경기도 좋은 모습 보여 주시길 바랍니다.

남자는 누구인지 고르십시오.

① 바둑 선수　　　　　　② 바둑 해설가
③ 바둑 심판　　　　　　④ 바둑 감독

公式

인물의 말 중에서 직업과 관계있는 단어에 집중하세요.
請專注於人物話中與職業有關的詞彙。

解析

女子：雖然您在世界圍棋比賽中輸了三次，但今天終於獲得了勝利。

男子：只是贏得一場比賽而已，第一次有這麼多人給予我祝賀。➡ 圍棋選手

答案：①

語彙

세기 世紀	바둑 圍棋	대결 對決	패배 落敗	승리 勝利	축하 祝賀
경기 競賽	특별히 特別地	준비하다 準備	게임 比賽	처음 初次	인간 人類
실력 實力	문제 問題	로봇 機器人	강하다 強	마지막 最後	파악하다 掌握
최선 最佳	바꾸다 改變	부담 負擔	크다 大	바라다 希望	

남자는 누구인지 고르십시오.

직업을 알 수 있는 단어 또는 문장
可知道職業的詞彙或句子

여자 : 세기의 **바둑 대결**에서 비록 세 번의 패배를 했지만 오늘 드디어 승리를 하셨는
데요. 축하드립니다. 오늘 경기를 앞두고 특별히 준비하신 점이 있으셨는지요?

남자 : **한 게임을 승리했을 뿐인데** 이렇게 **많은 축하**를 받아 보기는 처음입니다. 어제
까지의 패배는 제가 진 것이지 인간의 패배가 아닙니다. 패배의 가장 중요한 요
인은 역시 실력 문제라고 생각합니다. 확실히 인공 지능 로봇은 제가 예상했던
것보다 강합니다. 그래서 마지막까지 단점을 파악하기 위해 최선을 다했습니다.
오늘 승리는 어떤 승리와도 바꿀 수 없을 것 같습니다.

여자 : 내일 경기를 앞두고 부담이 크실 텐데요. 내일 경기도 좋은 모습 보여 주시길 바
랍니다.

女子：雖然在世紀**圍棋大賽**中輸了三次，今天終於取得勝利，恭喜您！比賽
前您是否有做些特殊的準備呢？

男子：**只是贏了一場比賽而已**，這是我第一次獲得**這麼多祝賀**，昨天為止的
落敗都是我個人的落敗，而不是人類的落敗，我認為落敗最重要的主
因是實力。人工智能機器人確實比我預期中的更強，所以為了掌握對
手的弱點，直到最後一刻我都全力以赴。今天的勝利大概是其他勝利
都無法比較的。

女子：明天的比賽應該讓您很有負擔吧？希望您明天也有好的表現。

---

① **바둑 선수**　　　　　② 바둑 해설가
③ 바둑 심판　　　　　　④ 바둑 감독

① 圍棋選手　　　　　　② 圍棋解說員
③ 圍棋裁判　　　　　　④ 圍棋教練

練習題 1

남자는 누구인지 고르십시오.

① 한국대학교 직원　② 한국대학교 의사　③ 한국대학교 교수　④ 한국대학교 학생

公式

인물의 말 중에서 직업과 관계있는 단어에 집중하세요.

請專注於人物話中與職業有關的詞彙。

解析

男子：我是為了創造一個沒有病痛的世界而就讀醫學院的。

我們韓國大學預備醫生每年都會利用暑假去農村地區當義工，實踐奉獻真正的意義。

➡ 韓國大學學生

答案：④

語彙

대학교 大學	매년 每年	농촌 農村	지역 地區	노인 老人	대상 對象
의료 봉사 醫療義工	실천하다 實踐	느끼다 感覺	이야기하다 說話	아프다 病痛	세상 世界
의대 醫學院	진학하다 升學	병원 醫院	참다 忍耐	경제적 經濟性	여유 充裕
심각하다 嚴重	예비 預備	의사 醫生	매년 每年	방학 放假	이용하다 利用
진정하다 真正	의미 意思	실천하다 實踐	힘들다 吃力	젊다 年輕	열정 熱情

聽力短文

여자：한국대학교에서는 지난 2000년 이후로 매년 농촌 지역의 노인을 대상으로 의료 봉사를 실천하고 있는데요. 의료 봉사 활동을 하시면서 느낀 점은 무엇인지 이야기해 주시겠습니까?

남자：저는 아픈 사람이 없는 세상을 만들기 위해 의대에 진학했습니다. 도시와 달리 농촌 지역에는 병원이 많지 않습니다. 그래서 병원에 가고 싶어도 그냥 참고 지내는 노인 분들이 많습니다. 특히 경제적 여유가 없는 노인들의 경우에는 더 심각합니다. 저희 한국대학교 예비 의사들은 매년 여름 방학을 이용하여 농촌 지역에서 봉사 활동을 하며 봉사의 진정한 의미를 실천하고 있습니다.

여자：봉사 활동을 하시면서 비록 몸은 힘들겠지만 앞으로도 젊은 열정으로 진정한 사랑을 실천해 주시기 바랍니다.

女子：韓國大學於 2000 年後每年都會以農村地區的老人為對象實踐義工活動，可以談一下進行醫療義工活動時有何感想呢？

男子：我是為了創造一個沒有病痛的世界而就讀醫學院的。不同於都市，農村地區的醫院不多，所以有許多老人就算想去醫院，但還是選擇忍耐。特別是經濟上不夠寬裕的老人們更是嚴重。我們韓國大學預備醫生每年都會利用暑假去農村地區當義工，實踐奉獻真正的意義。

女子：進行義工活動時雖然會很累，但希望往後你也能秉持年輕的熱忱去實踐真正的愛。

남자는 누구인지 고르십시오.

① 교육 전문가　　② 정책 연구가　　③ 정부 관계자　　④ 진로 상담가

公式

인물의 말 중에서 직업과 관계있는 단어에 집중하세요.

請專注於人物話中與職業有關的詞彙。

解析

女子：對於高中數學課使用計算機的主張，贊成和反對的雙方意見可以說是不相上下，您有何意見呢？

男子：因為實際上可能會出現考試管理的公平性問題，所以我認為開發多元化的教育課程讓學生們對數學感興趣更加重要。

➡ 教育專家

答案：①

語彙

수학 數學	단순하다 單純	계산 計算	능력 能力	고등학교 高中	계산기 計算機
사용하다 使用	주장 主張	찬반 贊成與反對	의견 意見	팽팽하다 不相上下	초등학교 國小
중학교 中學	기본적 基本上	중요하다 重要	해결 解決	사고력 思考力	논리력 邏輯力
포기하다 放棄	비율 比率	증가하다 增加	반대하다 反對	현실적 現實上	관리 管理
공정성 公正性	흥미 興趣	느끼다 感覺	다양하다 多元化	프로그램 課程	개발하다 開發

聽力短文

여자 : 수학은 단순한 계산 능력이 아니므로 고등학교 수학 시간에 계산기를 사용하자는 주장에 대해 찬반 의견이 팽팽한데요. 어떻게 생각하십니까?

남자 : 초등학교와 중학교에서는 기본적인 계산 능력이 중요하지만 고등학교에서는 문제 해결에 대한 사고력과 논리력이 중요합니다. 하지만 수학을 포기하는 학생의 비율이 고등학교로 갈수록 증가한다는 이유로 고등학교 수학 시간에 계산기를 허용하자는 의견에 대해 저는 반대합니다. 왜냐하면 현실적으로 시험 관리에 대한 공정성이 문제될 수 있기 때문입니다. 그러므로 학생들이 수학에 흥미를 느낄 수 있도록 다양한 교육 프로그램을 개발하는 것이 더 중요하다고 생각합니다.

女生：數學並非單純指計算能力而已，對於高中數學課使用計算機的主張，贊成和反對的雙方意見可以說是不相上下，您有何意見呢？

男生：國小與國中階段的基本計算能力固然重要，但高中時解決問題的思考能力與邏輯能力更重要。但隨著進入高中階段，放棄數學的學生比率愈來愈高，以此為由提議高中數學課要使用計算機。我反對這樣的主張，因為實際上可能會出現考試管理的公平性問題，所以我認為開發多元化的教育課程讓學生們對數學感興趣更加重要。

公式 10　選出標題

다음을 듣고 물음에 답하십시오.

> 여자 : 저는 젊은이들에게 성공이라는 단어보다는 실패라는 단어를 강조합니다. 모두가 성공할 수 있다면 좋겠지만 현실적으로 실패한 사람들이 세상에는 더 많기 때문입니다. 많은 사람들이 청춘은 다양한 경험을 해 볼 수 있는 시기라고 말합니다. 경험을 통해서 실수도 하고 많은 것을 배울 수 있기 때문입니다. 지금 여러분이 조금 어렵고 힘든 청춘의 시기에 있다면 두려워하지 마십시오. 그리고 무엇이든 결정해서 실천하십시오. 여러분이 가진 젊음의 특권으로 세상을 보고 새로운 것에 도전하십시오. 그러면 여러분은 성공의 기회를 얻을 수 있을 것입니다.

무엇에 대한 내용인지 맞는 것을 고르십시오.

① 성공한 사람들의 특징　　　　② 실패를 극복하는 방법
③ 성공보다 실패가 많은 이유　　④ 청춘의 시기에 도전해야 하는 이유

公式

세부 내용　詳細內容	중심 내용　重點內容
중심 생각　重點想法 / 화제　話題	
↓	
제목　標題	

解析

許多人都說青春是能進行各種體驗的時期。

倘若各位目前正值艱困且難熬的青春期，請不要害怕！

請利用各位年輕的特權觀看世界，並且挑戰新的事物！這樣各位就能獲得成功的機會。

➡ 青春時期應該挑戰的理由

答案：④

성공	실패	강조하다	현실	세상	청춘
成功	失敗	強調	現實	世界	青春

다양하다	경험	실수	시기	두렵다	결정하다
各式各樣	經驗	失誤	時期	害怕	決定

실천하다	젊음	특권	도전하다	기회	얻다
實踐	年輕	特權	挑戰	機會	獲得

套用公式

무엇에 대한 내용인지 맞는 것을 고르십시오.

여자 : 저는 젊은이들에게 성공이라는 단어보다는 실패라는 단어를 강조합니다. 모두가 성공할 수 있다면 좋겠지만 현실적으로 실패한 사람들이 세상에는 더 많기 때문입니다. 많은 사람들이 청춘은 다양한 경험을 해 볼 수 있는 시기라고 말합니다. 경험을 통해서 실수도 하고 많은 것을 배울 수 있기 때문입니다. 지금 여러분이 조금 어렵고 힘든 청춘의 시기에 있다면 두려워하지 마십시오. 그리고 무엇이든 결정해서 실천하십시오. 여러분이 가진 젊음의 특권으로 세상을 보고 새로운 것에 도전하십시오. 그러면 여러분은 성공의 기회를 얻을 수 있을 것입니다.

女子：比起成功，對年輕人我更強調「失敗」這個單字。如果大家都能成功固然是好事，但現實上全世界失敗的人相對地比較多。許多人都說青春是能進行各種經驗的時期，因為透過經驗可能會犯錯，也能學會許多事情。倘若各位現在正處於艱困且難熬的青春期，請不要害怕！而且不管是什麼事，請下定決心去實踐吧！利用各位擁有的年輕的特權觀看世界，並且挑戰新的事物！這樣各位就能獲得成功的機會。

① 성공한 사람들의 특징 　② 실패를 극복하는 방법
③ 성공보다 실패가 많은 이유 　④ 청춘의 시기에 도전해야 하는 이유

① 成功者的特徵 　② 克服失敗的方法
③ 失敗多於成功的理由 　④ 青春時期應該挑戰的理由

TIP

듣기 지문에 나타난 중요한 내용들을 가장 잘 요약한 선택지를 고르세요.
請選出概括聽力短文中重要內容之最正確的選項。

練習題 1

무엇에 대한 내용인지 맞는 것을 고르십시오.

① 휴대폰 사용의 문제점 　　② 휴대폰 중독의 치료 방법
③ 휴대폰 중독 진단 프로그램 　　④ 휴대폰 중독에서 벗어나기 위한 방법

公式

세부 내용　詳細內容	중심 내용　重點內容
중심 생각　重點想法 / 화제　話題	
↓	
제목　標題	

解析

那若是想讓子女戒斷手機成癮該怎麼做呢？
➡ 戒斷手機成癮的方法

答案：④

語彙

부모 父母	휴대폰 手機	중독 中毒	진단 診斷	프로그램 課程	자녀 子女	질병 疾病
의존도 依賴度	가능성 可能性	결과 結果	지나치다 過度	사용 使用	대화 對話	인식하다 辨識
단절 斷絕	방해 妨礙	벗어나다 脫離	취미 興趣	운동 運動	독서 讀書	
정하다 決定	건전하다 健全	여가 休閒	활동 活動	심하다 嚴重	치료 治療	

聽力短文

남자 : 부모들이 '휴대폰 중독 진단' 프로그램을 통해서 자녀들의 휴대폰 의존도를 진단해 보았더니 자녀의 30%가 중독 가능성이 있다는 결과가 나왔습니다. 지나친 휴대폰 사용은 가족 간의 대화를 단절시키고 공부에도 방해가 된다고 합니다. 그러면 자녀들을 휴대폰 중독에서 벗어나게 하려면 어떻게 해야 할까요? 먼저 운동이나 독서 등의 취미를 갖게 해야 합니다. 그리고 휴대폰 사용 시간을 정해서 휴대폰을 사용하게 해야 합니다. 무엇보다도 중요한 것은 부모와 자녀 모두 지나친 휴대폰 사용은 건전한 여가 활동이 아니라 심한 경우 치료가 필요한 질병이라는 사실을 인식해야 합니다.

男子 : 父母親透過「手機成癮診斷」課程診斷子女對手機的依賴度，發現子女的成癮可能性為 30%。過度使用手機阻斷了家人之間的對話，也會妨礙讀書。那若是想讓子女戒斷手機成癮該怎麼做呢？首先必須養成運動或讀書等興趣，並且決定手機的使用時間後再讓他們使用手機。更重要的是，必須認清父母與子女過度使用手機的行為並不是休閒活動，而是情況嚴重時需要治療的一種疾病。

練習題 2

무엇에 대한 내용인지 맞는 것을 고르십시오.

① 아이들과 공감하는 방법　　　② 재미있는 책을 고르는 방법
③ 그림책 봉사 활동을 하는 방법　　④ 아이들에게 책을 읽어 주는 방법

公式

세부 내용　詳細內容	중심 내용　重點內容
중심 생각　重點想法 / 화제　話題	
↓	
제목　標題	

解析

女子：唸書給年幼的子女們聽時，比起唸完書中的全部內容，請試著利用邊看圖畫邊像說故事一樣的方式。此一時期只要使用符合該年齡的方式唸書給子女聽，孩子們自然而然就會對讀書產生興趣。

➡ 唸書給孩子們聽的方法

答案：④

語彙

어린이 孩童	동화책 童書	봉사 활동 義工活動	어리다 年幼	내용 內容	이야기하다 說話	세상 世界
아이들 孩子們	장난감 玩具	목소리 聲音	단계 階段	지나다 過去	시기 時期	열리다 開啟
저절로 自然地	붙이다 附上	가까이 靠近	깊어지다 變深	눈높이 眼光	공감하다 共鳴	

聽力短文

여자：저는 어린이와 부모에게 동화책을 읽어 주는 봉사 활동을 하고 있습니다. 어린 자녀들에게 책을 읽어 줄 때에는 책의 내용을 다 읽어 주기보다는 그림을 보며 이야기하듯 놀아 주세요. 아이들에게는 책이 장난감이거든요. 엄마 목소리로 읽어 주면 아이들이 가장 좋아합니다. 책과 노는 놀이 단계가 지나면 책의 내용을 듣는 시기가 옵니다. 이때는 나이에 맞게 책을 읽어 주면 저절로 아이가 독서에 재미를 붙이게 됩니다. 어릴 때부터 책을 가까이한 아이들이 공부를 잘하는지는 모르겠지만 생각이 깊어지는 건 느낄 수 있었습니다. 아이의 눈높이에서 아이들과 이야기를 하면 아이들이 공감하는 세상이 열리게 됩니다.

女子：我現正從事唸童書給小朋友和父母親聽的義工工作。唸書給年幼的子女們聽時，比起唸完書中的全部內容，請試著利用邊看圖畫邊像說故事一樣的方式。因為對小朋友來說書是玩具，如果使用媽媽的聲音唸書給孩子們聽，他們都會非常開心。和書玩遊戲的階段過了之後，就輪到聆聽書本內容的時期。此一時期只要使用符合該年齡的方式唸書給子女聽，孩子自然而然就會對閱讀產生興趣。雖然不清楚從小就親近書的孩子們是否成績都很好，但可以感覺得出這類孩子的想法比較深入。只要從孩子們的高度去和他們交談，就能與孩子們的世界產生共鳴。

選出人物的想法 + 人物的態度

다음을 듣고 물음에 답하십시오.

> 여자 : 부모가 허락하면 심야 시간에 청소년이 인터넷 게임을 할 수 있도록 한다고 합니다.
>
> 남자 : 청소년의 건강을 위해 금지했던 심야 시간에 게임을 다시 허용한다고요?
>
> 여자 : 게임 산업 발전을 강조하는 업체 입장에서는 찬성할지 모르지만 게임 때문에 자녀와 관계가 좋지 못한 현실을 생각하면 너무 무책임한 정책이라고 생각합니다.
>
> 남자 : (동조하는 어투로) 네, 그렇습니다. 청소년의 자유를 존중하는 것도 좋지만 청소년 보호를 위해 심야 시간에는 게임을 금지하는 것이 좋다고 생각합니다. 게임 중독은 청소년 자신뿐만 아니라 가정과 사회에 더 심각한 문제를 일으킬 수 있다는 연구 결과도 있습니다.

▌문제 1▌ 남자의 생각으로 맞는 것을 고르십시오.

① 게임 중독은 청소년에게만 해당되는 문제다.
② 게임 산업 발전을 위해 심야 시간에 청소년의 게임을 허용해야 한다.
③ 청소년 보호를 위해 심야 시간에 청소년의 게임을 허용하면 안 된다.
④ 청소년의 자유를 존중하기 위해 심야 시간에 청소년의 게임을 허용해야 한다.

▌문제 2▌ 남자의 태도로 맞는 것을 고르십시오.

① 연구 결과를 비판하고 있다.
② 상대방의 의견에 동의하고 있다.
③ 상대방의 의견을 비판하고 있다.
④ 게임 업체의 입장을 지지하고 있다.

▌問題 1▌

인물의 말을 집중해서 듣고 선택지에 밑줄 친 부분이 인물의 생각인지 확인하세요.
請專心聆聽人物說話的內容，並確認選項畫底線部分是否為人物的想法。

▌問題 2▌

상대방에 대한 인물의 태도나 인물의 말하기 방식을 확인하세요.
確認人物對他人的態度或人物的說話方式。

解析

▌問題 1▌ 請選出男子正確的想法。

① 遊戲成癮並非只有青少年會有這樣的問題。

② 為了發展遊戲產業，應該允許青少年於深夜玩遊戲。

③ 為了保護青少年，深夜時不該讓青少年玩遊戲。

④ 為了尊重青少年的自由，應該允許青少年於深夜玩遊戲。

➡ 男子認為「尊重青少年的自由固然是好事，但為了保護青少年，深夜時應禁止玩遊戲！」。因此答案是 ③。

答案：③

▌問題 2▌ 請選出男子正確的態度。

① 他在批評研究結果。

② 他認同對方的意見。

③ 他在批評對方的意見。

④ 他支持遊戲業者的立場。

➡ 由於女子說：「政策太不負責任了！」後，男子回答：「對，沒錯！」，因此答案是 ②。

答案：②

語彙

부모 父母	허락하다 同意	청소년 青少年	허용하다 允許	금지하다 禁止	산업 產業
발전 發展	강조하다 強調	업체 業者	입장 立場	찬성하다 贊成	자녀 子女
관계 關係	현실 現實	무책임 無責任感	정책 政策	자유 自由	존중하다 尊重
보호 保護	중독 成癮	자신 自己	가정 家庭	사회 社會	심각하다 嚴重
문제 問題					

套用公式

다음 글을 읽고 물음에 답하십시오.

> 여자 : 부모가 허락하면 심야 시간에 청소년이 인터넷 게임을 할 수 있도록 한다고 합니다.
>
> 남자 : 청소년의 건강을 위해 금지했던 심야 시간 게임을 다시 허용한다고요?
>
> 여자 : 게임 산업 발전을 강조하는 업체 입장에서는 찬성할지 모르지만 게임 때문에 자녀
> ②
> 와 관계가 좋지 못한 현실을 생각하면 너무 무책임한 정책이라고 생각합니다.
>
> 남자 : (동조하는 어투로) 네, 그렇습니다. 청소년의 자유를 존중하는 것도 좋지만 청소년
> 보호를 위해 심야 시간에는 게임을 금지하는 것이 좋다고 생각합니다. 게임 중독은
> ④
> 청소년 자신뿐만 아니라 가정과 사회에 더 심각한 문제를 일으킬 수 있다는 연구 결
> ①
> 과도 있습니다.
>
> 女子：如果父母親同意，青少年就能在深夜時玩網路遊戲。
>
> 男子：為了青少年健康而禁止在深夜玩的遊戲會再度被允許？
>
> 女子：強調遊戲產業發展的業者們或許會贊成，但一想到會因為遊戲而導致和
> ②
> 子女之間的關係變差，不禁讓人認為這是很不負責任的政策。
>
> 男子：〈同意的口氣〉對，沒錯！尊重青少年自由是好事，但為了保護青少年，
> 我認為深夜時最好禁止玩遊戲。有研究報告指出，遊戲成癮不只會對青
> ④
> 少年造成問題，同時也會對家庭和社會造成嚴重的問題。
> ①

┃問題 1┃ 남자의 생각으로 맞는 것을 고르십시오.
　　　　請選出男子正確的想法。

① 게임 중독은 청소년에게만 해당되는 문제다.
② 게임 산업 발전을 위해 심야 시간에 청소년의 게임을 허용해야 한다.
③ 청소년 보호를 위해 심야 시간에 청소년의 게임을 허용하면 안 된다.
④ 청소년의 자유를 존중하기 위해 심야 시간에 청소년의 게임을 허용해야 한다.

① 遊戲成癮並非只有青少年會有這樣的問題。
② 為了發展遊戲產業，應該允許青少年於深夜玩遊戲。
③ 為了保護青少年，深夜時不該讓青少年玩遊戲。
④ 為了尊重青少年的自由，應該允許青少年於深夜玩遊戲。

┃問題 2┃ 남자의 태도로 맞는 것을 고르십시오.
　　　　請選出男子正確的想法。

① 연구 결과를 비판하고 있다.
② 상대방의 의견에 동의하고 있다.
③ 상대방의 의견을 비판하고 있다.
④ 게임 업체의 입장을 지지하고 있다.

① 他在批評研究結果。
② 他認同對方的意見。
③ 他在批評對方的意見。
④ 他支持遊戲業者的立場。

練習題 1

다음을 듣고 물음에 답하십시오.

┃문제 1┃ 남자의 생각으로 맞는 것을 고르십시오.

① 인공조명에 대한 인식을 바꿔야 한다.
② 인공조명을 설치할 때 주의할 점이 있다.
③ 인공조명에 대한 정부의 정책이 필요하다.
④ 인공조명에 대한 다양한 연구가 필요하다.

┃문제 2┃ 남자의 태도로 맞는 것을 고르십시오.

① 연구 결과를 비판하고 있다.
② 상대방과 타협점을 찾고 있다.
③ 상대방의 의견을 비판하고 있다.
④ 예시를 들어 대책을 제시하고 있다.

公式

┃問題 1┃
인물의 말을 집중해서 듣고 선택지에 밑줄 친 부분이 인물의 생각인지 확인하세요.
請專心聆聽人物說話的內容，並確認選項畫底線部分是否為人物的想法。

┃問題 2┃
상대방에 대한 인물의 태도나 인물의 말하기 방식을 확인하세요.
確認人物對他人的態度或人物的說話方式。

解析

┃問題 1┃ 選出男子正確的想法。

① 應該改變對於人工照明的認知。
② 裝設人工照明時有需要注意的事項。
③ 需要政府對於人工照明的政策。
④ 需要對於人工照明進行各式各樣的研究。

➡ 因此，裝設人工照明時應該注意不要造成這一類的損失。

答案：②

┃問題2┃ 請選出男子的正確態度。

女子：有哪些可降低這一類傷害的對策呢？

男子：最近已經出現可減少對昆蟲或樹木傷害的人工照明了，也有有人經過時會自動變
亮的路燈，和可以設定時間的路燈。

➡ 男子舉具體的例子提出對策。

答案：④

語彙

요즘 最近	인공조명 人工照明	설치하다 裝設	야간 夜間	공원 公園	이용하다 利用	가로등 路燈
편리하다 便利	곤충 昆蟲	나무 樹木	영향 影響	지나치다 過度	상태 狀態	설정하다 設定
계속되다 繼續	고통 交通	모여들다 匯集	거부하다 拒絕	받다 收取	성장 成長	
리듬 節奏	깨지다 破裂	수명 壽命	피해 損失	주의하다 注意	줄이다 減少	
대책 對策	최근 最近	등장하다 登場	지나가다 經過	자동 自動	켜다 開啟	

聽力短文

여자：요즘에는 인공조명이 곳곳에 설치돼서 야간에도 공원을 이용할 수 있어 편리합니다. 그런데 곤충이나 나무에는 영향이 없을까요?

남자：지나친 인공조명으로 밤에도 낮처럼 밝은 상태가 계속된다면 곤충이나 나무들도 고통을 받게 됩니다. 밝은 인공조명에 곤충들이 모여드는 것은 곤충이 빛을 좋아해서가 아니라 밝은 빛을 거부할 수 없기 때문입니다. 또 지나치게 밝은 인공조명 옆에서 오랜 시간 빛을 받는 나무들은 성장 리듬이 깨져 수명이 짧아질 수 있습니다. 따라서 인공조명을 설치할 때에는 이러한 피해가 없도록 주의해야 합니다.

여자：그러면 이런 피해를 줄이는 대책에는 어떤 것들이 있나요?

남자：최근에는 곤충이나 나무에 피해를 적게 주는 인공조명이 등장했습니다. 사람이 지나가면 자동으로 켜지는 가로등이나 시간을 설정할 수 있는 가로등도 있습니다.

女子：最近到處都裝設有人工照明，因此夜間也能使用公園，相當方便。不過這樣對昆蟲或樹木沒有影響嗎？

男子：若是過度的人工照明導致夜晚也像白天一樣持續呈現明亮的狀態，對昆蟲或樹木都是種痛苦。昆蟲之所以會因為明亮的人工照明而聚集在一起，並不是因為昆蟲喜歡光，而是因為牠們無法拒絕光。另外，樹木若是長時間被過亮的人工照明照射，成長節奏會被破壞，進而導致生命變短。因此，裝設人工照明時應該注意不要造成這一類的傷害。

女子：有哪些可降低這一類傷害的對策呢？

男子：最近已經出現可減少對昆蟲或樹木傷害的人工照明了，也有有人經過時會自動變亮的路燈，和可以設定時間的路燈。

練習題 2

다음을 듣고 물음에 답하십시오.

┃문제 1┃ 남자의 생각으로 맞는 것을 고르십시오.

① '온라인 투표'는 비밀 선거를 위해 필요하다.
② '온라인 투표'로 선거에 참여하는 사람들이 증가했다.
③ '온라인 투표'로 언제 어디서나 선거에 참여할 수 있다.
④ '온라인 투표'는 보안에 취약하여 선거에서 허용할 수 없다.

┃문제 2┃ 남자의 태도로 맞는 것을 고르십시오.

① 새로운 투표 방식의 시행을 촉구하고 있다.
② 새로운 투표 방식의 확대를 염려하고 있다.
③ 새로운 투표 방식의 필요성에 공감하고 있다.
④ 새로운 투표 방식의 문제점을 비판하고 있다.

公式

┃問題 1┃

인물의 말을 집중해서 듣고 선택지에 밑줄 친 부분이 인물의 생각인지 확인하세요.
請專心聆聽人物說話的內容，並確認選項畫底線部分是否為人物的想法。

┃問題 2┃

상대방에 대한 인물의 태도나 인물의 말하기 방식을 확인하세요.
確認人物對他人的態度或人物的說話方式。

解析

┃問題 1┃ 請選出男子正確的想法。

① 「線上投票」是為了秘密投票而需要的一種方法。
② 「線上投票」讓參加選舉的人增加了。
③ 「線上投票」讓我們隨時隨地都能參與選舉。
④ 由於「線上投票」的安全性薄弱，選舉時不被採用。

➡ 因為受網路攻擊的危險性高，可能導致選舉的公正性降低。

答案：④

解析

▌問題 2 ▌選出男子正確的態度。

女子：為了讓更多人參加選舉，我認為應該允許「線上投票」才行。

男子：但線上投票無法保障投票的保密性，而且受到網路攻擊的危險性高，可能導致選舉的公正性降低。

➡ 男子正在批評新投票方式的問題。

答案：④

語彙

영역 領域	온라인 線上	투표 投票	절감하다 減少	대표 代表	뽑다 選
허용하다 允許	의견 意見	합리적 合理	제도 制度	비밀 秘密	보장하다 保障
사이버 網路	공격 攻擊	위험성 危險性	선거 選舉	공정성 公正性	훼손하다 毀損

聽力短文

남자 : 최근 다양한 영역에서 '온라인 투표'가 활용되고 있습니다. 휴대 전화나 컴퓨터로 쉽고 편리하게 투표가 진행되므로 시간과 비용을 크게 절감할 수 있기 때문입니다. 하지만 국민의 대표를 뽑는 선거에 '온라인 투표'를 허용하자는 의견은 문제가 있다고 생각합니다.

여자 : 제 생각에는 '온라인 투표'가 매우 합리적인 제도인 것 같습니다. 유권자들이 특정 장소에 모이는 대신 휴대 전화나 컴퓨터로 어디서나 투표를 할 수 있기 때문입니다. 따라서 많은 사람들이 선거에 참여할 수 있도록 '온라인 투표'를 허용해야 한다고 생각합니다.

남자 : 하지만 '온라인 투표'는 투표의 비밀을 보장할 수 없고 사이버 공격의 위험성이 크기 때문에 선거의 공정성을 훼손할 수 있습니다. 따라서 안전하고 공정한 선거를 위해서 '온라인 투표'는 허용할 수 없습니다.

男子：最近在各式各樣的領域都在運用「線上投票」，因為使用手機或電腦就能輕易且方便投票，所以可大幅度節省時間與費用。但我認為選出人民代表的選舉使用「線上投票」會造成問題。

女子：我認為「線上投票」是相當合理的制度，因為有選舉權的人不需要特地前往指定的地方，無論身在何處都能透過手機或電腦投票。因此，為了讓更多人參加選舉，我認為應該允許「線上投票」才行。

男子：但線上投票無法保障投票的保密性，而且受到網路攻擊的危險性高，可能導致選舉的公正性降低。因此，為了能安全且公正地進行選舉，當然就不能開放「線上投票」。

參考公式 12~13

'듣고 두 문제에 답하기' 유형입니다.
이 유형의 지문은 교양 프로그램, 대담, 강연, 다큐멘터리 등으로 구성됩니다.

這是「聽過內容後回答兩個問題」的題型。
此題型內容可能是教育節目、對話、演說、紀錄片等。

TIPS

1. 대화를 듣기 전에 문제와 선택지를 모두 읽으세요.
    (1) 75쪽을 참고하여 문제의 유형을 확인하세요.
    (2) 핵심어를 확인하여 밑줄을 치고 대화의 내용을 생각해 보세요.

2. 핵심어에 집중해서 들으세요.
    (1) 이 유형의 일부 문제에서는 선택지의 밑줄 친 정보가 대화에서 다른 말로 표현될 수 있습니다. 따라서 동의어나 다른 말로 바꾸어 말한 것을 잘 들어야 합니다. 대화를 들을 때에는 같은 의미로 쓰인 다른 단어나 표현에 주의하세요.
    (2) 선택지에서 밑줄 친 핵심 단어에 대한 더 자세한 정보에 집중하세요.
    (3) 장소, 날짜, 시간, 숫자, 이유, 수단, 일어난 일과 같은 구체적인 정보에 집중하세요.

3. 선택지에서 정답을 선택하세요.

---

1. 聆聽對話前請先仔細閱讀選項與問題。
    (1) 請參考 75 頁且確認問題的類型。
    (2) 確認關鍵字後畫上底線，並且思考對話內容。

2. 請仔細聆聽關鍵字。
    (1) 此一類型的部分問題其選項畫線的資訊可能會以其他用語表達，因此，應仔細聆聽同義詞或其他用語。聆聽對話時請多加留意相同意義的其他詞彙或表達方式。
    (2) 仔細聆聽選項中出現的關鍵字相關詳細資訊。
    (3) 仔細聆聽場所、日期、時間、數字、原因、手段和發生之事件等具體的資訊。

3. 請在選項中找出正確答案。

문제 유형　問題類型	
문제 1　問題 1	**문제 2**　問題 2
중심 생각 고르기 選擇人物的重點想法 ➡ 유형 5를 참고하세요. 參考題型 5 인물의 태도 고르기 選擇人物的態度 ➡ 유형 6을 참고하세요. 參考題型 6	듣고 내용과 같은 것 고르기 選擇與內容一致的選項 ➡ 유형 4를 참고하세요. 參考題型 4
앞의 내용 추론하기 推論前面的內容 이유 고르기 選擇理由	중심 내용 고르기 選擇重點內容

公式 12　推測前面的內容 +
聽完題目後選出與內容相同的選項

다음은 대담입니다. 잘 듣고 물음에 답하십시오.

> 여자 : 노년층의 소득 감소가 증가한다고 하셨는데요. 고령화로 인한 노년층의 소득 감소가 소비에 어떤 영향을 줄 수 있습니까?
>
> 남자 : 고령화 이전의 인구 모델은 다이아몬드 형태를 유지한 경우가 많습니다. 그래서 김밥집, 빵집, 커피 전문점 등과 같은 외식 산업이 유리했습니다. 하지만 인구 구조가 역삼각형 모양인 고령화 사회로 진입하면 다이아몬드의 중간층이 누렸던 산업이 몰락할 가능성이 커집니다. 장기 불황에 따른 미래에 대한 불안감으로 낮은 가격의 제품을 구입하며 절약을 지향하고 충동적 소비보다는 계획적 소비를 중시하게 됩니다. 이러한 현상은 일시적 현상이라기보다는 구조적 변화로 해석할 필요가 있습니다.

┃문제 1┃ 이 담화 앞의 내용으로 알맞은 것을 고르십시오.

① 노년층의 소득이 감소하고 있다.
② 노년층의 소비가 증가하고 있다.
③ 노년층의 취업률이 감소하고 있다.
④ 노년층의 여성 비율이 증가하고 있다.

┃문제 2┃ 들은 내용과 일치하는 것을 고르십시오.

① 고령화 사회는 일시적 현상이다.
② 고령화 사회에서는 외식 산업이 발전한다.
③ 고령화 사회의 인구 모델은 다이아몬드형이다.
④ 고령화 사회에서는 절약을 지향하고 계획적 소비가 중요하다.

公式

┃問題 1┃

대화의 앞부분을 잘 듣고 이전 내용을 추측하세요.
聆聽對話前面的部分後推測之前的內容。

┃問題 2┃

선택지에 밑줄 친 부분을 중심으로 잘 듣고 선택지의 내용과 들은 내용이 일치하는지 확인하세요. 유형 4를 참고하세요.
以選項中畫底線的部分為重點，確認選項內容與聽力內容是否一致，參考題型 4。

解析

┃問題 1┃ 請選出正確的談話內容。

① 老年層的所得正在減少。

② 老年層的消費正在增加。

③ 老年層的就業率正在減少。

④ 老年層的女性比例正在增加。

➡ 老年層所得減少的趨勢正在。

答案：②

┃問題 2┃ 請選出與內容一致的選項。

① 高齡化社會是暫時性的現象。 ➡ 結構性變化

② 高齡化社會的外食產業更為發展。 ➡ 沒落的可能性高。

③ 高齡化社會的人口模型為鑽石形。 ➡ 倒三角形

④ 高齡化社會趨向節約，計畫性的消費很重要。

➡ 長期的不景氣導致大家對於未來感到不安，於是大家便購買低價位的產品，並且想要節約，比起衝動性消費，更重視計劃性消費。

答案：④

語彙

노년층 老年層	소득 所得	감소 減少	증가하다 增加	고령화 高齡化	소비 消費
영향 影響	이전 先前	인구 人口	모델 模型	다이아몬드 鑽石	형태 型態
유지하다 維持	외식 산업 外食產業	유리하다 有利	구조 構造	사회 社會	진입하다 進入
중간층 中間層	누리다 享受	몰락하다 沒落	장기 長期	불황 不景氣	미래 未來
불안감 不安	낮다 低	가격 價格	제품 產品	구입하다 購買	절약 節約
지향하다 趨向	충동적 衝動性	계획적 計畫性	중시하다 重視	현상 現象	일시적 暫時
구조적 結構性	변화 變化	해석하다 解釋			

套用公式

다음은 대담입니다. 잘 듣고 물음에 답하십시오.

> 여자 : 노년층의 소득 감소가 증가한다고 하셨는데요. 고령화로 인한 노년층의 소득 감소가 소비에 어떤 영향을 줄 수 있습니까?
>
> 남자 : 고령화 이전의 인구 모델은 다이아몬드 형태를 유지한 경우가 많습니다. 그래서 김밥
> ②, ③
> 집, 빵집, 커피 전문점 등과 같은 외식 산업이 유리했습니다. 하지만 인구 구조가 역삼
> ②
> 각형 모양인 고령화 사회로 진입하면 다이아몬드의 중간층이 누렸던 산업이 몰락할
> ③
> 가능성이 커집니다. 장기 불황에 따른 미래에 대한 불안감으로 낮은 가격의 제품을 구
> 입하며 절약을 지향하고 충동적 소비보다는 계획적 소비를 중시하게 됩니다. 이러한
> 현상은 일시적 현상이라기보다는 구조적 변화로 해석할 필요가 있습니다.
> ①
>
> 女子：聽說老年層的所得正逐漸減少，高齡化導致老年層的所得減少，這樣的情況對消費會造成何種影響呢？
>
> 男子：進入高齡化之前的人口模型大多是鑽石型，所以對飯捲店、麵包店、咖
> ②, ③
> 啡專賣店等外食產業較有利。但進入到人口構造變成倒三角形的高齡化
> 社會後，消費群以鑽石的中間層為主的產業，其沒落的可能性變高。長
> ③
> 期的不景氣讓社會大眾對未來產生不安，於是大家都會購買低價的產品，
> 趨向節約，比起衝動性的消費，更重視計畫性的消費。這一類的現象與
> 其說是暫時的現象，倒不如解釋為結構性變化。
> ①

┃문제 1┃ 이 담화 앞의 내용으로 알맞은 것을 고르십시오.

① 노년층의 소득이 감소하고 있다.
② 노년층의 소비가 증가하고 있다.
③ 노년층의 취업률이 감소하고 있다.
④ 노년층의 여성 비율이 증가하고 있다.

┃문제 2┃ 들은 내용과 일치하는 것을 고르십시오.

① 고령화 사회는 일시적 현상이다.
② 고령화 사회에서는 외식 산업이 발전한다.
③ 고령화 사회의 인구 모델은 다이아몬드형이다.
④ 고령화 사회에서는 절약을 지향하고 계획적인 소비가 중요하다.

┃問題 1┃ 請選出正確的談話內容。

① 老年層所得正在減少。
② 老年層的消費正在增加。
③ 老年層的就業率正在減少。
④ 老年層的女性比例正在增加。

┃問題 2┃ 請選出與內容一致的選項。

① 高齡化社會是暫時性的現象。
② 高齡化社會的外食產業更為發展。
③ 高齡化社會的人口模型為鑽石型。
④ 高齡化社會趨向節約，計畫性的消費很重要。

TIP

들을 때 선택지에 밑줄 친 내용을 확인하세요.
聆聽時請確認畫底線之內容。

練習題 1

다음은 대담입니다. 잘 듣고 물음에 답하십시오.

┃문제 1┃ 이 담화 앞의 내용으로 알맞은 것을 고르십시오.

① 겨울철에는 고혈압을 예방해야 한다.
② 겨울에는 노인들이 만성질환에 걸리기 쉽다.
③ 추운 겨울에 노인들은 야외활동을 하면 안된다.
④ 노약자나 만성질환자들은 외출을 삼가야 한다.

┃문제 2┃ 들은 내용과 일치하는 것을 고르십시오.

① 실내온도는 20℃보다 높아야 한다.
② 피부건조증은 가장 흔한 난방병이다.
③ 얼굴에는 가끔 수분을 보충해야 한다.
④ 겨울에는 창문을 열어도 난방병에 걸리기 쉽다.

公式

┃問題 1┃

대화의 앞부분을 잘 듣고 이전 내용을 추측하세요.
聆聽對話前面的部分後，推測之前的內容。

┃問題 2┃

들을 때 선택지에 밑줄 친 내용을 확인하세요.
聆聽時請確認畫底線之內容。

解析

┃問題 1┃ 透過談話前面的內容找出正確的選項。

老弱者或慢性疾病患者要盡可能避免外出～

➡ 老弱者或慢性疾病患者要避免外出。

┃問題 2┃ 選出和內容一致的選項。

① 室溫須高於 20℃。 ➡ 最好維持 20℃左右。

② 皮膚乾燥症是最常見的暖氣病。 ➡ 暖氣病最常見的症狀就是皮膚乾燥症。

③ 臉部偶爾必須補充水分 ➡ 隨時

④ 冬天就算開窗戶也很容易得到暖氣病。 ➡ 幾乎不太開窗戶的

答案：②

語彙

전국적 全國性	강추위 酷寒	노약자 老弱者	만성질환자 慢性疾病患者	가급적 盡可能	외출 外出
삼가다 謹慎	겨울철 冬季	대표적 代表性	질환 疾患	예방법 預防方法	설명하다 說明
난방병 暖氣病	밀폐되다 密閉	공간 空間	지나치다 過度	난방 暖房	증상 症狀
기구 器具	온종일 整天	가동하다 啟動	실내 室內	공기 空氣	건조하다 乾燥
피부 皮膚	건조증 乾燥症	방지하다 防止	가습기 加濕器	유지하다 維持	온도 溫度
핸드크림 護手霜	바르다 塗抹	얼굴 臉部	수시로 隨時	수분 水分	체내 體內
보충하다 補充					

聽力短文

여자 : 전국적으로 강추위가 계속되고 있는데요. 노약자나 만성질환자들은 가급적 외출을 삼가야 한다고 하셨는데 겨울철의 대표적인 질환과 예방법에 대해 설명해 주세요.

남자 : 겨울철의 대표적인 질환으로 난방병이 있는데요. 난방병은 밀폐된 공간에서 지나친 난방을 함으로써 나타나는 여러 증상을 말합니다. 특히 난방 기구를 온종일 가동하면서 창문을 여는 일이 거의 없는 사무실에서는 실내 공기가 매우 건조하기 때문에 난방병에 걸리기 쉽습니다. 난방병의 증상으로 가장 흔한 것은 피부건조증입니다. 피부건조증을 방지하기 위해서는 가습기를 사용해 습도를 40~60% 정도로 유지하고, 실내 온도를 20℃ 정도로 유지하는 것이 좋습니다. 또 건조해지기 쉬운 손에는 핸드크림을 발라주고 얼굴에는 미스트를 사용하여 수시로 직접 수분을 보충해야 합니다. 하루 7~8잔 이상의 물을 마셔 체내 수분을 보충해 주는 것도 중요합니다.

女子 : 目前全國的氣候依然非常寒冷，老弱者或慢性疾病患者要盡可能避免外出，請說明一下冬天具代表性的疾患與預防方法。

男子 : 冬天代表性的疾患就是暖氣病，暖氣病是指在閉密空間因為過度使用暖氣而造成的各種症狀。特別是在整天開空調且幾乎不開窗戶的辦公室，由於空氣相當乾燥，很容易就得到暖氣病。暖氣病最常見的症狀就是皮膚乾燥症，想要防止皮膚乾燥，最好使用加濕器讓濕度維持在 40~60% 左右且室溫維持在 20℃ 左右。另外，容易變乾燥的手要擦護手霜，臉部則要使用保濕噴霧，藉此隨時補充水分。每天喝 7~8 杯以上的水補充體內的水分也很重要。

練習題 2

다음은 대담입니다. 잘 듣고 물음에 답하십시오.

▌문제 1▌ 이 담화 앞의 내용으로 알맞은 것을 고르십시오.

① 오존 주의보는 단계적으로 내려진다.
② 오존을 구성하는 성분이 건강에 해롭다.
③ 오존 주의보는 더운 날씨와 관계가 있다.
④ 오존층을 보호해야 지구를 태양으로부터 보호할 수 있다.

▌문제 2▌ 들은 내용과 일치하는 것을 고르십시오.

① 오존은 1차 오염 물질이다.
② 오존은 긍정적인 역할도 한다.
③ 오존에 한 번 노출되면 소화가 잘 되지 않는다.
④ 오존 주의보가 발령되면 모두 외출을 자제해야 한다.

公式

▌問題 1▌

대화의 앞부분을 잘 듣고 이전 내용을 추측하세요.
聆聽對話前面的部分後,推測之前的內容。

▌問題 2▌

들을 때 선택지에 밑줄 친 내용을 확인하세요.
聆聽時請確認畫底線之內容。

解析

▌問題 1▌透過談話前面的內容找出正確的選項。

聽說最近這種炎熱的氣候若是持續下去,就會經常發佈臭氧警報。

➡ 臭氧警報與炎熱的氣候有關。 答案:③

▌問題 2▌選出和內容一致的選項。

① 臭氧是 1 次污染物。 ➡ 2 次

② 臭氧具備正向的作用。 ➡ 保護地球的作用

③ 暴露於臭氧一次就會導致消化不良。 ➡ 不斷地暴露

④ 若是發佈臭氧警報,大家就該避免外出。 ➡ 老弱者或幼童

答案:②

語彙

계속되다 持續	오존 주의보 臭氧警報	내려지다 降下	대처하다 對付	설명하다 說明	대기 大氣
특정 特定	물질 物質	태양에너지 太陽能	반응하다 反應	생성되다 形成	오염 污染
열기 熱氣	보호하다 保護	역할 作用	농도 濃度	농작물 農作物	노출되다 暴露
통증 痛症	기침 咳嗽	메스꺼움 噁心	소화 消化	끼치다 造成	발령되다 發佈
실외 室外	자제하다 自制	외출하다 外出			

聽力短文

여자 : 요즘처럼 더운 날씨가 계속되면 오존 주의보가 자주 내려진다고 하셨는데요. 오존 주의보가 내려지면 어떻게 대처해야 하는지 설명해 주시기 바랍니다.

남자 : 오존은 대기 중의 특정 물질이 태양에너지와 반응해서 생성되는 2차 오염 물질입니다. 동시에 오존은 태양의 강한 열기로부터 지구를 보호하는 역할을 합니다. 하지만 대기 중의 오존 농도가 높아지면 사람과 농작물 등에 좋지 않은 영향을 줍니다. 오존에 반복적으로 노출되면 가슴 통증, 기침, 메스꺼움이 생기고 소화에도 영향을 끼칠 수 있습니다. 따라서 오존 주의보가 발령된 지역에서는 운동이나 산책 등의 실외 활동을 자제하고 노약자나 어린이는 외출을 삼가는 것이 좋습니다.

女子：聽說最近這種炎熱的氣候若是持續下去，就會經常發佈臭氧警報。請說明一下發佈臭氧警報時該採取什麼樣的措施。

男子：臭氧是大氣中的特定物質對太陽能產生反應後形成的二次污染物質。臭氧同時能保護地球不受到太陽強烈的熱氣影響。但大氣中的臭氧濃度若是上升，會對人或農作物等造成不良的影響。若是不斷地暴露在臭氧當中，可能會出現胸痛、咳嗽、噁心的症狀，也會對消化造成影響。因此，發佈臭氧警報的地區要盡可能避免運動或散步等的室外運動，老弱者或孩童最好也避免外出。

公式 13 選出理由 + 選出重點內容

다음은 다큐멘터리입니다. 잘 듣고 물음에 답하십시오.

> 남자 : 제가 서 있는 이곳은 20여 년을 악취와 파리 떼 속에 살다가 이제는 주민들이 즐겨 찾는 생태공원으로 변신한 난지도입니다. 1970년대까지만 해도 갈대숲이 아름다워 많은 연인의 데이트 코스였지만 1978년부터 쓰레기를 매립하기 시작해 높이 100m의 거대한 쓰레기 산 두 개가 만들어졌습니다. 그 결과 난지도 주변의 생태계는 완전히 파괴되었습니다. 월드컵 경기장 건설을 계기로 서울시와 시민들은 난지도의 생태계 복원을 위한 노력을 시작했습니다. 쓰레기 산은 노을공원과 하늘공원으로 변신하였고, 사라졌던 동식물이 2013년에는 1,100종으로 늘었습니다. 그리고 주말과 휴일에는 시민들이 찾는 명소가 되었습니다. 난지도는 겉보기에는 건강해진 것 같지만 완치되려면 시간이 더 필요하다고 합니다. 난지도의 이러한 변신은 2012년에 국제적인 모범 사례로 인정받았습니다.

┃문제 1┃ 난지도의 생태계가 복원될 수 있었던 이유로 맞는 것을 고르십시오.

① 악취와 파리 떼가 많아서
② 연인의 데이트 코스로 유명해서
③ 월드컵 경기장 건설을 계기로 해서
④ 노을공원과 하늘공원을 만들기 위해서

┃문제 2┃ 이 이야기의 중심 내용으로 맞는 것을 고르십시오.

① 난지도는 동식물이 많은 생태공원이다.
② 난지도는 시민들이 즐겨 찾는 명소이다.
③ 난지도는 생태공원의 국제적인 모범 사례이다.
④ 난지도는 노을공원과 하늘공원으로 이루어져 있다.

公式

問題 1

질문 問題 ⇨ 이유 理由
질문의 내용에 집중하세요. 請專注於問題的內容。

問題 2

세부 내용 詳細內容 ⇨ 중심 내용 重點內容
선택지의 내용에 집중하세요. 請專注於選項的內容

解析

問題 1 請選出蘭芝島生態之所以能復原的正確原因。

① 因為惡臭和有許多蒼蠅

② 因為是知名的情侶約會景點

③ 因為建設世界盃運動場

④ 為了打造夕陽公園與天空公園

➡ 為了蓋世界盃運動場，首爾市與市民開始努力復原蘭芝島的生態。

答案：③

問題 2 請選出談話內容中的重點。

① 蘭芝島是動植物多的生態公園。 ➡ 詳細內容

② 蘭芝島是市民常去的知名景點。 ➡ 詳細內容

③ 蘭芝島是國際生態公園的模範事例。

④ 蘭芝島是由夕陽公園與天空公園組成。 ➡ 詳細內容

➡ 蘭芝島的居民 20 多年來都在惡臭與蒼蠅當中生活，已搖身一變成為居民們經常前往的生態公園。~蘭芝島的轉變是 2012 年深受肯定的國際模範事例。

答案：③

語彙

악취	즐기다	찾다	변신하다	갈대숲	연인	완치되다
惡臭	喜愛	尋找	變身	蘆葦叢	情侶	治癒
매립하다	시작하다	거대한	주변	생태계	완전히	국제적
填平	開始	巨大的	周圍	生態界	完全地	國際性
파괴되다	월드컵	경기장	건설	계기	시민	모범
被破壞	世界盃	競賽場	建設	契機	市民	模範
복원	노을	사라지다	동식물	늘다	명소	사례
復原	夕陽	消失	動植物	增加	名勝	事例

다음은 다큐멘터리입니다. 잘 듣고 물음에 답하십시오.

남자: 제가 서 있는 이곳은 20여 년을 악취와 파리 떼 속에 살다가 이제는 주민들이 즐겨 찾는 생태공원으로 변신한 난지도입니다. 1970년대까지만 해도 갈대숲이 아름다워 많은 연인의 데이트 코스였지만 1978년부터 쓰레기를 매립하기 시작해 높이 100m의 거대한 쓰레기 산 두 개가 만들어졌습니다. 그 결과 난지도 생태계는 완전히 파괴되었습니다. 월드컵 경기장 건설을 계기로 서울시와 시민들은 난지도의 생태계 복원을 위한 노력을 시작했습니다. 쓰레기 산은 노을공원과 하늘공원으로 변신하였고, 사라졌던 동식물이 2013년에는 1,100종으로 늘었습니다. 그리고 주말과 휴일에는 시민들이 찾는 명소가 되었습니다. 난지도는 겉보기에는 건강해진 것 같지만 완치되려면 시간이 더 필요하다고 합니다. 난지도의 이러한 변신은 2012년에 국제적인 모범 사례로 인정받았습니다.

男子：我所在的這個地方是居民們 20 多年都活在惡臭與蒼蠅堆的蘭芝島，但現在已搖身一變成為居民們經常前往的生態公園。一直到 1970 年代為止那邊都是美麗的蘆葦，是情侶們約會的景點，但 1978 年開始進行垃圾掩埋之後，形成兩座高度 100m 的垃圾山，結果蘭芝島生態界就這樣完全被破壞了。為了建設世界盃運動場，首爾市與市民們便開始努力復原蘭芝島的生態界。垃圾山變身為夕陽公園和天空公園，原本消失的動、植物於 2013 年增加為 1,100 種，並且成為居民於週末與假日會去的知名景點。蘭芝島乍看下已經變健康了，但想要完全復原還需要一段時間。蘭芝島的轉變是 2012 年深受肯定的國際模範事例。

┃문제 1┃ 난지도의 생태계가 복원될 수 있었던 이유로 맞는 것을 고르십시오.
請選出蘭芝島生態之所以能復原的正確原因。

① 악취와 파리 떼가 많아서
② 연인의 데이트 코스로 유명해서
③ 월드컵 경기장 건설을 계기로 해서
④ 노을공원과 하늘공원을 만들기 위해서

① 因為惡臭和有許多蒼蠅
② 因為是知名的情侶約會景點
③ 因為建設世界盃運動場
④ 為了打造夕陽公園與天空公園

TIP

문제를 읽고 선택지를 확인하세요.
閱讀問題且確認選項。

▌문제 2▐ 이 이야기의 중심 내용으로 맞는 것을 고르십시오.

請選出談話內容中的重點。

① 난지도는 동식물이 많은 생태공원이다.
② 난지도는 시민들이 즐겨 찾는 명소이다.
③ 난지도는 생태공원의 국제적인 모범 사례이다.
④ 난지도는 노을공원과 하늘공원으로 이루어져 있다.

① 蘭芝島是動植物多的生態公園。
② 蘭芝島是市民常去的知名景點。
③ 蘭芝島是國際生態公園的模範事例。
④ 蘭芝島是由夕陽公園與天空公園組成。

TIP

선택지를 읽고 중심 내용을 예상해 보세요. 들을 때 중심 내용과 세부 내용을 구별하세요.
閱讀選項且推測重點內容，聆聽時請分辨重點內容與詳細內容。

練習題 1

다음은 다큐멘터리입니다. 잘 듣고 물음에 답하십시오.

▌문제 1▐ 수컷 송장벌레가 암컷에게 더 이상 번식 행위를 요구하지 않는 이유로 맞는 것을 고르십시오.

① 암컷 송장벌레가 육아를 해야 하므로
② 암컷 송장벌레가 난자 생산을 멈추므로
③ 암컷 송장벌레가 유충에게 먹이를 먹이므로
④ 암컷 송장벌레가 화학물질로 신호를 보내므로

▌문제 2▐ 이 이야기의 중심 내용으로 맞는 것을 고르십시오.

① 송장벌레는 모성애가 강하다.
② 송장벌레의 육아는 꿀벌과 다르다.
③ 송장벌레는 번식능력이 뛰어나다.
④ 송장벌레의 육아 방법은 현대적이다.

公式

▌問題 1▐

질문 問題	⇨	이유 理由

질문의 내용에 집중하세요. 請專注於問題的內容。

▌問題 2▐

세부 내용 詳細內容	⇨	중심 내용 重點內容

선택지의 내용에 집중하세요. 請專注於選項的內容。

解析

▌問題 1 ▌請選出雄性埋葬蟲不再向雌性埋葬蟲求偶繁殖的正確原因。

產卵的「媽媽」埋葬蟲停止產卵，利用降低性慾的化學物質向「爸爸」埋葬蟲傳送信號。雄蟲若是利用觸角感應到此一信號，雄蟲就會停止向雌蟲要求繁殖行為且共同照顧幼蟲。

➡ 雌性埋葬蟲利用化學物質傳送信號

答案：④

▌問題 2 ▌請選出本文中正確的重點內容。

埋葬蟲是由雌蟲與雄蟲一起照顧幼蟲。～ 基於這一點，埋葬蟲可以稱得上是相當現代化的家族。

➡ 指出埋葬蟲的育兒方法是現代的。

答案：④

語彙

암컷	수컷	육아	특이하다	생산	멈추다
雌性	雄性	育兒	特殊	生產	停止
죽이다	역할	화학물질	신호	더듬이	감지하다
殺死	角色	化學物質	信號	觸角	感應
번식행위	요구하다	참여하다	알	낳다	지나다
繁殖行為	要求	參加	卵	生下	過去
유충	변하다	먹이	소화하다	평상시	곤충
幼蟲	改變	飼料	消化	平常	昆蟲
버려두다	꿀벌	개미	돌보다	현대적	평가하다
拋棄	蜜蜂	螞蟻	照顧	現代	評價

聽力短文

여자 : 여기 보시는 송장벌레는 암컷과 수컷이 함께 육아를 한다고 합니다. 아주 특이하죠? 알을 낳은 '엄마' 송장벌레는 난자 생산을 멈추고 성욕을 죽이는 역할을 하는 화학물질로 '아빠' 송장벌레에게 신호를 보냅니다. 수컷이 더듬이로 이 신호를 감지하면 수컷도 더 이상 번식 행위를 암컷에게 요구하지 않고 육아에 참여한다고 합니다. 알을 낳은 지 60시간이 지나면 알이 유충으로 변하는데, 그때 송장벌레 부부는 각자 먹이를 먹어 소화하기 쉽게 만들어 유충에게 먹입니다. 3일 후 유충이 걷고 스스로 먹을 정도로 자라게 되면 송장벌레 부부는 그제야 다시 평상시 생활로 돌아갑니다. 송장벌레와 달리 대부분의 곤충은 알을 낳고는 버려둡니다. 꿀벌과 개미는 유충들을 돌보지만 육아는 암컷이 합니다. 이런 점 때문에 '송장벌레들은 매우 현대적인 가족'이라고 평가할 수 있습니다.

女子：聽說埋葬蟲是由雄蟲和雌蟲一起照顧幼蟲，非常特別吧？產卵的「媽媽」埋葬蟲停止產卵，利用降低性慾的化學物質向「爸爸」埋葬蟲傳送信號。雄蟲若是利用觸角感應到此一信號，雄蟲就會停止向雌蟲要求繁殖行為且共同照顧幼蟲。產卵經過 60 小時後，卵就會變成幼蟲，此時埋葬蟲夫婦會吃各自的食物讓其變得更容易消化，接著再餵食幼蟲。3 天後幼蟲成長到可行走且自己吃東西時，埋葬蟲夫婦就會恢復平常的生活。不同於埋葬蟲，大部分的昆蟲產卵後就將其拋棄，蜜蜂與螞蟻雖然會照顧幼蟲，但照顧幼蟲的任務由雌性蜜蜂與螞蟻負責。基於這一點，埋葬蟲可以稱得上是相當現代化的家族。

練習題 2

다음을 듣고 물음에 답하십시오.

┃문제 1┃ 지진이 났을 때 화장실이 좋은 대피 장소인 이유로 맞는 것을 고르십시오.

① 화재가 발생하지 않기 때문에
② 가스레인지나 난로 등이 없기 때문에
③ 소방차가 즉시 출동하기 어렵기 때문에
④ 건물이 무너져도 물을 가장 쉽게 구할 수 있기 때문에

┃문제 2┃ 이 이야기의 중심 내용으로 맞는 것을 고르십시오.

① 지진이 발생하면 사소한 화재라도 주의해야 한다.
② 지진으로 생기는 가장 직접적인 피해는 화재이다.
③ 지진에 대한 이해와 준비를 통해 피해를 최소화할 수 있다.
④ 집 안에서 지진이 발생하면 머리를 보호하는 것이 가장 중요하다.

公式

┃문제 1┃

질문　問題　⇨　이유　理由
질문의 내용에 집중하세요.　請專注於問題的內容。

┃문제 2┃

세부 내용　詳細內容　⇨　중심 내용　重點內容
선택지의 내용에 집중하세요.　請專注於選項的內容。

解析

▌問題 1 ▌請選出發生地震時廁所是最好的避難處的正確理由。

➡ 廁所是建築物中管子最多的空間，就算建築物倒塌，也最能輕易取得水，所以是最佳的避難處。

答案：④

▌問題 2 ▌請選出正確的重點內容。

「地震」是事先理解且做好準備就能把損失降到最低程度的自然災害。

➡ 透過認識地震與準備可將損失降到最低程度的內容。

答案：③

語彙

지진	피해	최소화	자연재해	보호하다	흔들리다	사소하다
地震	傷害	最低程度	自然災害	保護	晃動	瑣碎

테이블	튼튼하다	안전하다	방석	파이프	무너지다
桌子	堅固	安全	坐墊	管子	崩塌

대피	화재	초기	진화	소방차	출동하다
避難	火災	初期	滅火	消防車	出動

聽力短文

여자 : '지진'은 미리 이해하고 준비하면 피해를 최소화할 수 있는 자연재해입니다. 집 안에 있을 때 지진이 발생하면 어떻게 해야 할까요? 우선 머리를 보호하는 것이 가장 중요합니다. 크게 흔들리는 시간은 길어야 1~2분 정도이므로 이때는 테이블 같은 튼튼한 물건 아래에 있는 것이 안전합니다. 만약 이런 단단한 물건이 없다면 방석 등으로 머리를 감싸고 보호해야 합니다. 화장실은 건물에서 파이프가 가장 많이 들어가 있는 공간이며, 건물이 무너져도 물을 구하기 가장 쉽기 때문에 좋은 대피 장소입니다. 그런데 지진으로 생기는 가장 직접적인 피해는 '화재'입니다. 사용 중인 가스나 전기 등이 원인이므로 지진이 발생하면 즉시 가스나 전기를 꺼야 합니다. 만약 지진으로 화재가 발생하면 초기의 진화가 중요합니다. 특히 큰 지진이 발생하면 소방차가 즉시 출동하기 어려우므로 사소한 화재라도 주의해야 합니다.

女子：「地震」是事先理解且做好準備就能把損失降到最低程度的自然災害。在家時若是發生地震該怎麼辦呢？最重要的就是要先保護頭部，由於嚴重搖晃的時間最多1～2分鐘，此時躲在桌子等堅固的物品底下較安全。倘若沒有這一類的堅固物品，就該使用坐墊等物品保護頭部。廁所是建築物中管子最多的空間，就算建築物倒塌，也最能輕易取得到水，所以是最佳的避難處。不過，地震造成的最直接的傷害就是「火災」，使用中的瓦斯或電等就是主因，因此發生地震時要立即關閉瓦斯或電。若是地震造成火災，及時滅火是很重要的一件事，特別是發生大地震時，由於消防車很難立刻出動，就算是小小的火災也該多加注意。

PART.2 閱讀部分

'빈칸에 들어갈 말 고르기' 유형입니다.

문장의 전체 의미를 고려하여 빈칸에 들어갈 가장 자연스러운 어휘와 문법을 선택하세요.

這是「填入空格」的題型。

思考句子的整體意思，選擇最適合填入空格的語彙或文法。

TIPS

1. 선택지에서 단어와 문법을 확인하세요.

2. 빈칸 앞뒤의 의미관계를 생각해 보세요.

3. 가장 적절한 선택지를 고르세요.

----

1. 請確認選項中的語彙與文法。

2. 思考空格前後意思上的關係。

3. 選擇最適當的選項。

公式 1　選擇填入空格的語彙和文法

( )에 들어갈 가장 알맞은 것을 고르십시오.

> 친구들과 노래방에서 춤을 ( ) 노래를 불렀다.

① 추도록　　　　　　　　② 추면서
③ 추거든　　　　　　　　④ 추려고

公式

어휘와 문법의 의미와 기능을 고려하여 가장 적절한 표현을 선택하세요.
考慮語彙和文法的意思與功能，選出最適當的表達方式。

앞 문장 前面的句子	의미관계 意思關係	뒤 문장 後面的句子

1. 적절한 어휘 선택하기　選擇合適的語彙
2. 적절한 문법 선택하기　選擇合適的文法

解析

➡ 首先要選擇適合舞蹈的語彙「跳」，由於要表達在 KTV 跳舞的同時也唱歌了，應該使用代表同時動作的「-(으) 면서」。

-(으) 면서：用於同時進行兩個動作。

答案：②

語彙

친구	노래방	춤	추다	노래	부르다
朋友	KTV	舞蹈	跳舞	歌	唱

套用公式

( )에 들어갈 가장 알맞은 것을 고르십시오.

친구들과 노래방에서 춤을 ( ) 노래를 불렀다.

| **1. 어휘** 語彙 | 춤을 추다 |
| **2. 문법** 文法 | -(으)면서 : 춤을 추면서 노래를 불렀다. |

⬇

친구들과 노래방에서 춤을 (추면서) 노래를 불렀다.

① -도록 : 목적이나 이유 등을 표시합니다.
   表示目的或理由等。

② -(으)면서 : 동시에 두 가지 행위를 할 때 사용합니다.
   用於同時進行兩個動作。

③ -거든 : 조건을 나타낼 때 사용합니다.
   用於表示條件。

④ -(으)려고 : 목적이나 의도를 표시합니다.
   表示目的或意圖。

① 추도록   ② 추면서
③ 추거든   ④ 추려고

練習題 1

( )에 들어갈 가장 알맞은 것을 고르십시오.

> 문제가 어려워서 실수를 ( ) 끝까지 최선을 다하세요.

① 하도록   ② 하면서
③ 하더니   ④ 하더라도

公式

어휘와 문법의 의미와 기능을 고려하여 가장 적절한 표현을 선택하세요.
考慮語彙和文法的意思與功能，選出最適當的表達方式。

앞 문장 前面的句子	의미관계 意思關係	뒤 문장 後面的句子

1. 적절한 어휘 선택하기　選擇合適的語彙
2. 적절한 문법 선택하기　選擇合適的文法

解析

➡ 由於意思是就算發生失誤也該全力以赴，認同前面句子的情況，並表示前後為對照關係的「더라도」④ 為正確答案。

- 더라도：認同前面句子的情況，表示後面句子的內容與前面是對照關係。

答案：④

語彙

문제	어렵다	실수하다	끝	최선
問題	困難	失誤	最後	最佳

練習題 2

( )에 들어갈 가장 알맞은 것을 고르십시오.

두 시간 동안 한참을 ( ) 정상에 도착했다.

① 걷도록　　　　　　　　② 걸을수록
③ 걷다 보니　　　　　　　④ 걷더라도

公式

어휘와 문법의 의미와 기능을 고려하여 가장 적절한 표현을 선택하세요.
考慮語彙和文法的意思與功能，選出最適當的表達方式。

앞 문장 前面的句子	의미관계 意思關係	뒤 문장 後面的句子

1. 적절한 어휘 선택하기　選擇合適的語彙
2. 적절한 문법 선택하기　選擇合適的文法

解析

➡ 語彙全都是「걷다」，因此只要確認文法即可。

由於是走了好一段時間，然後抵達山頂成為新的狀態，使用「다 보니」的 ③ 為正確答案。

- 다 보니 : 進行某個行為時，領悟新的事實或呈現新的狀態時使用。

答案：③

語彙

한참	정상	도착하다
一陣子	頂端	抵達

附 錄

題型 1 中出現的文法

1. 가정 또는 조건　假設或條件

- 거든	앞의 내용이 조건임을 표시합니다.
	表示前面的內容是條件。
	예 서울에 오거든 꼭 연락하세요.
- ㄴ / 는다면	앞의 문장이 가정된 상황임을 표시합니다.
	前面的句子是假設狀況。
	예 복권에 당첨된다면 세계 여행을 하고 싶어요.
-(으)려면	어떤 상황을 가정할 때 사용합니다.
	假設某種特定情況時使用。
	예 외국인등록증을 신청하려면 3층으로 가세요.
- 아 / 어야	앞의 내용이 뒤의 사실에 꼭 필요한 조건임을 표시합니다.
	表示前面內容為後面事實需要的條件。
	예 아침에 일찍 일어나야 여섯 시 비행기를 탈 수 있다.

2. 감정　感受

-(으)ㄹ까 보다	어떤 일이 일어날 것 같아서 걱정할 때 사용합니다.
	擔心可能會發生某件事時使用。
	예 야외 촬영할 때 비가 올까 봐 걱정이다.

3. 결과　結果

- 게 되다	외부적 조건이 어떤 상황을 만들었을 때 사용합니다.
	當外部條件造成某個情況時使用。
	예 배가 너무 아파서 병원에 오게 되었어요.
- 고 보니 (까)	어떤 일을 끝내고 나서 결과를 깨달았을 때 사용합니다.
	當某件事結束後領悟結果時使用。
	예 자세한 설명을 듣고 보니 쉽게 이해할 수 있었다.
- 다 (가) 보니 (까)	어떤 행위를 하면서 새로운 사실을 깨닫거나 새로운 상태로 될 때 사용합니다.
	進行某個行為的同時，領悟新的事實或呈現新的狀態時使用。
	예 두 시간 동안 한참을 걷다 보니 정상에 도착했다.

4. 나열   排列

-(으)며/(이)며	사실을 나열할 때 사용합니다. 排列事實時使用。 📖 이 브랜드는 신발이며 가방이며 다 예쁘네요.

5. 대조   對照

-(으)ㄴ/는 반면에	서로 대조적인 사실을 표현할 때 사용합니다. 表現對照事實時使用。 📖 듣기와 읽기 영역은 점수가 높은 반면에 쓰기 영역은 점수가 낮습니다.
- 더니	서로 대조적인 사실을 표현할 때 사용합니다. 表現對照事實時使用。 📖 조금 전에는 비가 오더니 지금은 눈이 온다.
- 더라도/(이) 더라도	앞 문장의 상황을 인정하고 뒤 문장의 내용이 앞 문장과 대조 관계임을 표시합니다. 認同前面句子的情況，並表示後面句子的內容與前面句子為對照的關係。 📖 문제가 어려워서 실수를 하더라도 끝까지 최선을 다하세요.

6. 동시성   同時性

-(으)ㄴ/는 김에	어떤 행위를 하면서 예상하지 못한 행위를 동시에 할 때 사용합니다. 進行某種行為時，同時出現預料之外的行為時使用。 📖 제주도로 출장을 가는 김에 여행도 하세요.
-(으)면서	동시에 두 가지 행위를 할 때 사용합니다. 同時進行兩種行為時使用。 📖 노래방에서 춤을 추면서 노래를 불렀다.

7. 목적   目的

- 도록	목적이나 이유 등을 표시합니다. 表示目的或理由。 📖 주민들이 불편하지 않도록 조용히 해 주세요.
-(으)려고 = - 기 위해(서)	목적이나 의도를 표시합니다. 表示目的或意圖。 📖 여권을 신청하려고 사진을 찍었다.

8. 배경설명　背景說明

-(으)ㄴ/는데	앞 문장이 뒤 문장의 배경이 될 때 사용합니다. 前面的句子作為後面句子的背景時使用。 예 친구들과 도서관에서 공부를 하는데 선생님께서 나를 부르셨다.

9. 근거　根據

에 의하면 = 에 따르면	앞 문장이 근거임을 표시합니다. 表示前面的句子是根據。 예 뉴스에 의하면 내일 비가 온다고 해요.

10. 비교　比較

에 비하여 = 에 비해 (서) = 에 비하면	비교의 대상을 표시합니다. 表示比較的對象。 예 노력에 비하면 결과가 너무 좋지 않아요.
- 듯 (이)	내용이 거의 같음을 나타냅니다. 表示內容幾乎相同。 예 사람마다 얼굴이 다르듯이 개성도 다릅니다.

11. 상태　狀態

- 다가	어떤 동작이나 상태를 중단하고 다른 동작이나 상태로 바뀜을 표시합니다. 表示中斷某個動作或狀態，且變更為其他動作或狀態。 예 축구를 하다가 다리를 다쳤어요.
- 아 / 어 놓다	행위의 결과로서 상태가 유지될 때 사용합니다. 表示狀態可持續維持的行為結果。 예 너무 더워서 창문을 열어 놓고 잤어요.
- 아 / 어도	앞의 행위나 상태와 관계없이 뒤의 일이 있음을 나타냅니다. 與前面的行為或狀態無關，後面的內容依舊發生或存在。 예 형은 인상이 강해 보여도 성격은 소극적이다.
- 아 / 어 두다	행동의 결과로서 상태를 유지할 때 사용합니다. 表示狀態可持續維持的行為結果。 예 텔레비전을 켜 두고 잠을 잤어요.

	행위의 결과로서 상태가 유지될 때 사용합니다.
- 아 / 어 있다	表示狀態可持續維持的行為結果。
	예 학생들이 의자에 앉아 있어요.
	행위의 결과로서 상태를 유지할 때 사용합니다.
-(으) ㄴ 채로	表示狀態可持續維持的行為結果。
	예 어젯밤에 에어컨을 켠 채로 잠이 들었다.

12. 선택　選擇

	앞 또는 뒤의 것 중에서 하나를 선택할 때 사용합니다.
- 든지 = - 거나	從前面或後面選擇一個時使用。
	예 오늘은 영화를 보든지 연극을 볼 거야.

13. 순서　順序

	하나의 행동 뒤에 다음 행동이 따라올 때 사용합니다.
- 고 나서	一個行動結束後，接著進行下一個行動時使用。
	예 친구들과 저녁을 먹고 나서 바로 영화관에 갔다.
- 고서야 = - 고서는 = - 고 나서야	앞의 행위가 수단이 되어 상황을 야기할 때 사용합니다.
	表示前面的行為作為一種手段，來引發後面的狀況。
	예 주사를 맞고 나서야 감기가 나았다.
- 자마자	① -자마자 어떤 상황에 이어 곧바로 다른 상황이 일어남을 표시합니다. 表示一個情況結束後立刻發生另一個情況。
	예 장마가 끝나자마자 무더위가 시작됐다.
	② -자마자(= -(으)ㄴ/는 대로) 어떤 동작이 끝나는 바로 그때를 나타낼 때 사용합니다. 某個動作結束後立刻發生另一個動作時使用。
	예 서울에 도착하자마자 연락하겠습니다.

14. 의지　意圖

	앞 문장은 뒤 문장에 대한 조건으로 사람의 의지를 나타냅니다.
-(으) ㄹ 테니 (까)	前面句子是後面句子的條件，表示話者的意志。
	예 2시에 출발할 테니까 3시에 명동에서 만나요.

15. 이유　理由

- 기 때문에	원인이나 이유를 표시합니다. 表示原因或理由。 例 출장을 가기 때문에 결혼식에 갈 수 없습니다. 열심히 공부했기 때문에 시험에 합격했습니다.
- 는 바람에	원인이나 이유를 표시합니다. [주로 부정적인 결과입니다.] 表示原因或理由。【大部分都是負面的結果】 例 태풍이 오는 바람에 비행기가 이륙하지 못했다.
-(으)ㄴ / 는 탓에	원인이나 이유를 표시합니다. [주로 부정적인 결과입니다.] 表示原因或理由。【大部分都是負面的結果】 例 늦잠을 잔 탓에 지각을 했다.
- 느라고	원인이나 이유를 표시합니다. [주로 부정적인 결과입니다.] 表示原因或理由。【大部分都是負面的結果】 例 발표 자료를 준비하느라고 약속 시간에 늦었다.
- 더니	원인이나 이유를 표시합니다. 表示原因或理由。 例 일주일 동안 야근을 했더니 너무 피곤합니다.
-(으)니까	원인이나 이유를 표시합니다. 表示原因或理由。

-(으)니까		- 아 / 어서
명령문(O) / 청유문(O)	↔	명령문(X) / 청유문(X)
-었-(O) , -겠-(O)	↔	-었-(X) , -겠-(X)

例 술을 마셨으니까 운전하지 마세요.

16. 정도　程度

-(으)ㄹ수록	어떤 상황이나 정도가 더 심해짐을 표시합니다. 表示某個情況或程度變得更嚴重。 例 손님이 많을수록 서비스에 신경을 써야 한다.
-(으)ㄹ 정도로	앞 문장과 비슷한 정도 또는 범위의 행동이나 상태를 표현할 때 사용합니다. 表達與前面句子類似的程度、範圍的行動或狀態時使用。 例 그 옷은 하루 만에 다 팔릴 정도로 인기가 좋았습니다.

-(으)ㄴ/는/ (으)ㄹ 만큼	앞 문장과 비슷한 정도 또는 범위의 행동이나 상태를 표현할 때 사용합니다. 表達與前面句子類似的程度、範圍的行動或狀態時使用。 例 주식 투자는 수익이 많은 만큼 위험도 큽니다.

17. 추가　追加

-(으)ㄹ 뿐만 아니라 = -(으)ㄹ 뿐더러	동작이나 상황을 추가할 때 사용합니다. 追加一個動作或狀況時使用。 例 민수 씨는 야구를 좋아할 뿐만 아니라 축구도 좋아해요.
마저 = 조차	어떤 상황에 그 이상의 것이 더해짐을 나타냅니다. '조차'와 '마저'는 부정 문에서만 사용됩니다. 某種狀況下再追加一個更糟糕的情況,「조차」和「마저」只用在 否定的內容當中。 例 더운데 선풍기마저 고장났다.
에다가	앞 문장에 다른 내용을 더할 때 사용합니다. 前面的句子加上其他內容時使用。 例 입학 원서에다가 사진을 붙이세요.

18. 추측　推測

-(으)ㄹ까 보다 = -(으)ㄹ까 싶다 = -(으)ㄹ까 하다	추측을 표현할 때 사용합니다. 表達推測時使用。 例 배가 고플까 봐 음식을 준비했어요.
-(으)ㄴ/는/ (으)ㄹ 듯하다	추측을 표현할 때 사용합니다. 表達推測時使用。 例 어제 저녁에 비가 온 듯합니다. 　오늘 저녁에는 전국에 비가 올 듯합니다.
-(으)ㄹ 테니까	앞 문장은 뒤 문장에 대한 조건으로 추측을 표시합니다. 表示推測前面句子是後面句子的條件。 例 주말에는 차가 막힐 테니까 기차를 이용하세요.
-(으)ㄹ 텐데	강하게 추측한 상황을 표현할 때 사용합니다. 表達強烈推測的情況時使用。 例 내일 시험을 볼 텐데 일찍 자세요.

選出意思類似的表現方式

‘비슷한 의미 표현 고르기’ **유형입니다.**

문제에서 밑줄 친 표현의 의미에 가장 가까운 표현을 선택하세요.

這是「選出類似意思」的題型。

選出與畫底線部份意思最相近的表達方式。

TIPS

1. 문제를 읽고 단어와 문법을 고려하여 밑줄 친 문장의 의미를 확인하세요.

2. 선택지의 단어와 문법을 확인하세요.

3. 가장 적절한 선택지를 고르세요.

....

1. 看過問題後，思考語彙與文法且確認畫底線部份的意思。

2. 請確認選項的語彙與文法。

3. 選出最適當的選項。

公式 2 選出和畫底線部分類似的表現方式

다음 밑줄 친 부분과 의미가 비슷한 것을 고르십시오.

천천히 먹어도 되는데 그렇게 빨리 먹으면 <u>체하기 십상이다</u>.

① 체할 리가 없다　　　　　　　② 체하기 쉽다

③ 체하는 편이다　　　　　　　④ 체하지 않는다

公式

어휘와 문법의 의미와 기능을 고려하여 가장 적절한 표현을 선택하세요.
考慮語彙和文法的意思與功能，選出最適當的表達方式。

앞 문장 前面的句子	의미관계 意思關係	뒤 문장 後面的句子

비슷한 의미를 가진 표현을 찾으세요.　找出意思相似的表現方式。

解析

➡ 「吃太快的話」和「噎到」是原因與結果的關係，「- 기 십상이다」具備「쉽게 그렇게 된다」的意思，所以整句的意思是「吃太快很容易噎到」，可換成「- 기 쉽다」。

- 기 십상이다 : 表示很容易變成這種狀況 / 情況時使用。

答案：②

語彙

천천히	그렇게	빨리	체하다
慢慢地	那樣	快點	噎住

套用公式

다음 밑줄 친 부분과 의미가 비슷한 것을 고르십시오.

천천히 먹어도 되는데 그렇게 빨리 먹으면 <u>체하기 십상이다.</u>

천천히 먹어도 되는데 慢慢吃就好了	그렇게 빨리 먹으면 吃那麼快	체하기 십상이다. 很容易就會噎到
배경설명 背景說明	가정 假設	가능성 可能性

↓

① -(으)ㄹ 리가 없다 : 이유나 가능성이 없음을 표현합니다.
　　　　　　　　　　代表沒有理由或可能性。

② **-기 쉽다** : 어떤 것이 그렇게 되기 쉬울 때 사용합니다.
　　　　　　　很容易變成某種情況時使用。

③ -ㄴ/는 편이다 : 어떤 부류에 속함을 나타냅니다.
　　　　　　　　表示屬於某個分類。

④ -지 않다 : 앞 내용을 부정할 때 사용합니다.
　　　　　　否定前面內容時使用。

① 체할 리가 없다　　　　　　② **체하기 쉽다**
③ 체하는 편이다　　　　　　④ 체하지 않는다

練習題 1

다음 밑줄 친 부분과 의미가 비슷한 것을 고르십시오.

> 우리 동네 수박은 맛이 좋아서 <u>수확하기가 무섭게</u> 도시로 판매된다.

① 수확하자마자   ② 수확하다가 보면

③ 수확하는 대신에   ④ 수확에도 불구하고

公式

어휘와 문법의 의미와 기능을 고려하여 가장 비슷한 표현을 선택하세요.

思考語彙和文法的意思與功能，選出最相似的表達方式。

우리 동네 수박은 맛이 좋아서 我們附近的西瓜很好吃	수확하기가 무섭게 所以一收穫	도시로 판매된다. 就賣到都市
이유　理由	순서　順序	결과　結果

解析

➡ 「因為味道很棒」和「販售到都市」是原因和結果的關係，「- 기가 무섭게」是某件事一結束就立刻發生下一件事的意思。所以句子的意思是「收穫後立刻販售」，因此可換成「- 자마자」。

- 기가 무섭게：描述某件事一結束就立刻發生之後的事情時使用。

② - 다가 보면：假設某種情況時使用。

③ -(으) ㄴ / 는 대신에：表示替換為其他事物。

④ - 에도 불구하고：表示不同於前面的期待的相反結果。

答案：①

語彙

동네 社區	수박 西瓜	맛(이) 좋다 味道很好	수확하다 收穫	무섭다 可怕	도시 都市	판매 販售

練習題 2

다음 밑줄 친 부분과 의미가 비슷한 것을 고르십시오.

> 어제 경기는 수비에 <u>집중한 나머지</u> 공격 성공률이 높지 않았다.

① 집중하는 한　　　　　　　② 집중한 결과
③ 집중한 김에　　　　　　　④ 집중한 덕분에

公式

어휘와 문법의 의미와 기능을 고려하여 가장 비슷한 표현을 선택하세요.
思考詞彙和文法的意思與功能，選擇最類似的表達。

어제 경기는 昨天的比賽	수비에 집중한 나머지 因為專注於守備	공격 성공률이 높지 않았다. 所以攻擊成功率不高
	원인 原因	부정적인 결과 負面結果

解析

➡ 「專注於守備」和「攻擊成功率不高」是原因和結果的關係，「- 한 나머지」代表前面的原因造成「負面的結果」。所以整句的意思是「因為專注於守備，所以攻擊成功率並不高」，可更換成「~ 집중한 결과」。

-(으) ㄴ 나머지 : 前面的原因造成負面結果時使用。

① - 는 한 : 表示前面內容為條件。

③ -(으) ㄴ / 는 김에 : 進行某行為的同時，發生出乎意外的行為時使用。

④ -(으) ㄴ / 는 덕분에 : 因為前面的內容而發生好的結果時使用。

答案：②

語彙

경기	수비	집중하다	공격	성공률	높다
競賽	守備	專注	攻擊	成功率	高

附 錄

題型 2 中出現的文法

1. 가정 또는 조건　假設或條件

- ㄴ / 는다고 치다	어떤 상황을 가정할 때 사용합니다. 假設某種情況時使用。
	예 버스 안에서 아이들은 그렇다 치고 어른들까지 너무 시끄럽습니다.
- 다가 보면 = - 노라면	어떤 상황을 가정할 때 사용합니다. 假設某種情況時使用。
	예 사람이 하는 일이라서 일을 하다가 보면 실수할 때도 있어요.
- 는 한이 있어도 / 있더라도	앞 상황이 극단적인 상황임을 가정할 때 사용합니다. 假設前面狀況是極端狀況時使用。
	예 선거에서 패배하는 한이 있더라도 출마하겠습니다.
- 는 한	앞의 내용이 조건임을 표시합니다. 表示前面的內容為條件。
	예 저를 좋아하는 관객이 있는 한 계속 연기를 하겠습니다.
- 기만 하면	앞의 내용이 조건임을 표시합니다. 表示前面的內容為條件。
	예 사진을 조금 확대하기만 하면 됩니다.
-(으) ㄹ지라도 = - 더라도 = - 아 / 어도	뒤 문장이 가정된 상황과 반대 상황일 때 사용합니다. 後面的句子和假設的情況相反時使用。
	예 비록 나이는 어릴지라도 생각하는 것은 어른보다 낫다.

2. 가능성　可能性

-(으) ㄹ 리가 있다	이유나 가능성이 있음을 표현합니다. 表示有理由或可能性時使用。
	예 장사가 안 되는데 기분이 좋을 리가 있겠어?
-(으) ㄹ 리가 없다	이유나 가능성이 없음을 표현합니다. 表示沒有理由或可能性時使用。
	예 음식이 맛이 없는데 장사가 잘 될 리가 없다.
- 기 십상이다 = - 기 쉽다	어떤 것이 그렇게 되기 쉬울 때 사용합니다. 很容易發展成某種情況時使用。
	예 천천히 먹어도 되는데 그렇게 빨리 먹으면 체하기 십상이다.

-(으)ㄹ 법하다	가능성이 있을 때 사용합니다. 具備可能性時使用。 예 민수 씨의 별장은 동화책에나 나올 법한 그런 집이었다.
- 에 불과하다 = -(으)ㄹ 따름이다 = -(으)ㄹ 뿐이다	다른 선택이나 가능성이 없음을 나타낼 때 사용합니다. 沒有其他選擇或可能性時使用。 예 영수와 같은 학교에 다니지만 그냥 아는 사이에 불과하다.
-(으)ㄹ 수밖에 없다	다른 방법이나 가능성이 없음을 나타낼 때 사용합니다. 沒有其他方法或可能性時使用。 예 믿을 수 없는 정보만 듣고 투자한 사람들은 손해를 볼 수밖에 없었다.

3. 결과　結果

-(으)ㄴ 나머지 = -(으)ㄴ 결과	결과를 나타내는 표현입니다. [주로 부정적인 결과입니다.] '-(으)ㄴ 결과'는 긍정적 결과와 부정적 결과에 모두 사용됩니다. -(으)ㄴ 나머지　表示結果的出現。【 主要是負面的結果 】 '-(으)ㄴ 결과'　用於正面與負面的結果。 예 어제 경기는 수비에 집중한 나머지 공격 성공률이 높지 않았다.

4. 대조　對照

-(으)ㄴ / 는데도 불구하고 = -(으)ㄴ / 는데도	앞의 상태나 상황이 다른 결과나 사실을 표현할 때 사용합니다. 表示結果或事實與前面的狀態或情況不同時使用。 예 감기에 걸려서 몸이 아픈데도 불구하고 약속을 지켰다.
에도 불구하고	앞에서 기대한 것과 다른 반대의 결과를 표시합니다. 表示結果與前面的預期相反。 예 시험이 어려웠음에도 불구하고 좋은 성적을 받았다.
- 건만 = - 지만	두 문장이 대조 관계를 나타낼 때 사용합니다. 句子呈現對照關係時使用。 예 병원에 다녀왔다고 지각한 이유를 충분히 설명했건만 소용없었다.

5. 비교　比較

	뒤의 상황이나 행위가 더 나음을 강조할 때 사용합니다.
- 느니 = -(으) ㄹ 바에	強調後面的情況或行為更好時使用。
	예 이렇게 좋은 물건을 싼 값에 파느니 차라리 내가 쓰겠다.
만치 = 만큼 = 처럼 = 정도로	두 대상이 같거나 비슷한 정도임을 표현할 때 사용합니다.
	表示對象相同或差不多的程度時使用。
	예 영수만치 문법을 잘하는 사람도 없다.
(이) 나 마찬가지다 = (이) 나 다름없다	서로 사실상 같음을 표시합니다.
	表示兩者其實相同。
	예 작년에 산 신발이지만 한두 번밖에 신지 않아서 새 신발이나 마찬가지다.

6. 선택　選擇

	앞 또는 뒤의 것 중에서 하나를 선택할 때 사용합니다.
- 거나 = - 든지	前面或後面選擇一個時使用。
	예 주말에는 영화를 보거나 쇼핑을 합니다.

7. 순서　順序

	어떤 일이 끝나자마자 바로 다음 일이 일어남을 과장하여 말할 때 사용합니다.
- 기가 무섭게 = - 자마자	描述某件事一結束後，立刻發生下一件事時使用。
	예 우리 동네 수박은 맛이 좋아서 수확하기가 무섭게 도시로 판매된다.
- 는 길에 = - 는 도중에	어떤 일을 하는 도중이나 기회를 나타낼 때 사용합니다.
	進行某件事的過程中或出現機會時使用。
	예 선생님을 만나러 학교에 가는 길에 친구들을 만났다.

8. 양보　讓步

	앞 문장을 가정하더라도 아무 소용이 없음을 나타낼 때 사용합니다.
- ㄴ / 는다고 해도 = - 아 / 어야 = - 아 / 어도	表示就算前面的句子成立也於事無補時使用。
	예 다른 식당에 간다고 해도 맛은 여기와 비슷할 것이다.

9. 이유　理由

-(으) ㄴ / 는 까닭에	원인이나 이유를 표시합니다.
	表示原因或理由。
	囫 그 가방은 인기가 있는 까닭에 구하기 힘들다.
- 는 통에 = - 는 바람에 = -(으) ㄴ / 는 탓에	원인이나 이유를 표시합니다. [주로 부정적 결과입니다.]
	表示原因或理由。【主要是負面的結果】
	囫 옆집에서 싸우는 통에 아기가 깼어요.
(으) 로 인하다	원인이나 이유를 표시합니다.
	表示原因或理由。
	囫 잦은 야외활동으로 인해서 강한 자외선에 노출되면 눈 건강에 좋지 않습니다.
-(으) ㄴ / 는 덕분에	원인이나 이유를 표시합니다. [주로 긍정적 결과입니다.]
	表示原因或理由。【主要是正面的結果】
	囫 동료들이 도와준 덕분에 신제품 설명회를 성공적으로 끝냈습니다.

10. 정도　程度

-(으) ㄹ 지경이다	상황이나 정도를 표시합니다.
	表示狀況或程度。
	囫 지원자가 너무 많아서 번호를 배부해야 할 지경입니다.

11. 추측　推測

-(으) ㄴ / 는 /(으) ㄹ 듯싶다 = -(으) ㄴ / 는 /(으) ㄹ 듯하다 = -(으) ㄴ / 는 /(으) ㄹ 것 같다 = -(으) ㄴ / 는 /(으) ㄹ 것만 같다 = -(으) ㄴ / 는 /(으) ㄹ 모양이다 = - 나 보다	추측을 표현할 때 사용합니다.
	表現推測時使用。
	囫 대학교 진학은 시험 결과를 지켜보고 결정해야 할 듯싶다. 얼굴 표정을 보니 시험이 어려웠던 모양이다.

12. 허락　允許

- 아 / 어도 상관없다 = - 아 / 어도 좋다 = - 아 / 어도 괜찮다	어떤 행위나 상태에 대해 허락할 때 사용합니다.
	同意某種行為或狀態時使用。
	囫 연필이면 아무 색이나 사용해도 상관없어요.

13. 기타   其他

을 막론하고 = 을 불문하고	무엇이든 따지거나 가리지 않음을 나타낼 때 사용합니다. 表示不計較原因和理由、以及不挑剔時使用。
	예 이유를 불문하고 지각을 하면 시험장에 들어갈 수 없습니다.
-(으)ㄴ / 는 대신에	다른 것으로 대체함을 나타낼 때 사용합니다. 表示用其他物品替代。
	예 졸업증명서를 신청할 때 외국인등록증을 준비하는 대신에 여권을 준비해도 되나요?
대로	둘이 서로 구별됨을 나타낼 때 사용합니다. 表示區分兩者時使用。
	예 세계의 도시들은 도시대로 각각의 특색이 있습니다.
- 기 일쑤이다	어떤 일이 자주 일어날 때 사용합니다. 某事經常發生時使用。
	예 주말에 친구들이 만나자고 했는데 바쁘다는 핑계로 외면하기 일쑤였다.
- 지 않다	앞 내용을 부정할 때 사용합니다. 否定前面內容時使用。
	예 다른 사람들은 시험이 어렵다고 했지만 나는 시험이 어렵지 않던데.
-(으)ㄴ / 는 체하다 = -(으)ㄴ / 는 척하다	거짓으로 행동할 때 사용합니다. 表示假裝做出某種行動時使用。
	예 친구가 어제 인사를 했는데도 모른 체 했다.
-(으)ㄴ / 는 편이다	어떤 부류에 속함을 나타낼 때 사용합니다. 表示某人或某事屬於某種分類。
	예 다른 집에 비해서 이 집은 거실이 꽤 큰 편이다.
-(으)ㄴ / 는 / (으)ㄹ 줄 알다 ↔ -(으)ㄴ / 는 / (으)ㄹ 줄 모르다	방법이나 사실을 알거나 모를 때 사용합니다. 表示知道或不知道方法或事實。
	예 오늘 밤에 비가 그칠 줄 알았다. 　 오늘 방학한 줄 몰랐다.
-(으)ㄴ / 는 적이 있 다 ↔ -(으)ㄴ / 는 적이 없 다	경험 또는 사실이 있거나 없음을 표현할 때 사용합니다. 表示經驗或事實之有無時使用。
	예 영국에 가 본 적이 있다. 　 프랑스에 가 본 적이 없다.
- 기 마련이다 = - 게 마련이다	뒤에 발생하는 사실이 상식에 비추어 당연함을 표현할 때 사용합니다. 根據常識，某件事的發生是理所當然時使用。
	예 게임이 계속되는 한 기록은 깨지기 마련이다.

'화제 고르기' 유형입니다.

표어, 광고, 전단지, 안내문, 설명서 등을 읽고 무엇에 대해 설명하는지 찾아야 합니다.

這是「選擇話題」的題型。

閱讀標語、廣告、傳單、介紹、說明書等資料後找出相關主題。

TIPS

1. 선택지의 단어를 확인하세요.

2. 문장을 읽고 선택지와 관계있는 핵심어에 밑줄을 치세요.

3. 문장에서 강조된 단어는 의미를 정확하게 파악하세요.

4. 핵심어를 연결해서 무엇에 대한 설명인지 결정하세요.

5. 선택지에서 정답을 선택하세요.

- -

1. 確認選項的詞彙。

2. 閱讀完本文後，在與選項有關係的關鍵字畫上底線。

3. 請準確掌握文中強調的詞彙所代表的意思。

4. 與關鍵字聯想後決定內容描述的對象。

5. 請在選項中找出正確答案。

公式 3　選擇內容的重點

다음은 무엇에 대한 글인지 고르십시오.

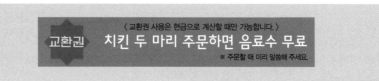

〈 교환권 사용은 현금으로 계산할 때만 가능합니다. 〉

교환권　치킨 두 마리 주문하면 음료수 무료

※ 주문할 때 미리 말씀해 주세요.

① 모집 안내　　② 이용 방법　　③ 판매 장소　　④ 제품 설명

公式

지문 속의 핵심어 本文中的關鍵字		➡	선택지 選項
강조된 단어 強調的詞彙	단어 詞彙	➡	단어 詞彙
기타 단어 其他詞彙	단어 詞彙		

선택지에 등장한 단어들은 글 속에 등장하는 단어보다 더 추상적인 단어입니다.

지문의 단어들이 구체적으로 설명하고 있는 단어를 확인하세요.

選項中的詞彙比文章中的詞彙更為抽象，請確認文章中具體說明的詞彙。

解析

本文中出現的關鍵字為「訂購」、「請事先說」、「使用」、「可能」，由於說明有使用方法，所以答案是 ② 。

答案：②

語彙

교환권 兌換券	마리 隻	주문 訂購	음료수 飲料	무료 免費	교환 交換	미리 事先	사용 使用	가능하다 可能

套用公式

다음은 무엇에 대한 글인지 고르십시오.

〈 교환권 사용은 현금으로 계산할 때만 가능합니다. 〉

교환권 치킨 두 마리 주문하면 음료수 무료

※ 주문할 때 미리 말씀해 주세요.

지문 속의 핵심어 本文中的關鍵字		➡	선택지 選項
강조된 단어 強調的詞彙	두 마리 주문 시 음료수 무료 購買兩隻時，飲料免費		
기타 단어 其他詞彙	주문 시 미리 말씀해 주세요. 購買時請事先告知	➡	이용 방법 使用方法
	교환권 사용은 현금으로 계산할 때만 가능합니다. 兌換券只有付現時可使用		

① 모집 안내　　② 이용 방법　　③ 판매 장소　　④ 제품 설명

練習題 1

다음은 무엇에 대한 글인지 고르십시오.

행복한 우리 가족의 건강 지킴이
고객을 위한 최고의 의료 서비스
최신 장비로 안전하고 효과적인 수술

① 은행   ② 병원   ③ 체육관   ④ 약국

公式

지문 속의 핵심어 本文中的關鍵字	➡	선택지 選項
문장 1 句子 1 행복한 우리 가족의 **건강** 지킴이 幸福的家族**健康**守護者	➡	병원 醫院
문장 2 句子 2 고객을 위한 최고의 **의료** 서비스 為了顧客準備的最頂尖**醫療**服務		
문장 3 句子 3 최신 장비로 안전하고 효과적인 **수술** 使用最新設備的安全且有效的**手術**		

解析

本文中出現的關鍵字為「健康」、「醫療」、「手術」，因此答案是 ② 。

答案：②

語彙

행복하다 幸福	건강 健康	지키다 守護	고객 顧客	의료 醫療	서비스 服務
최신 最新	장비 裝備	안전하다 安全	효과 效果	수술 手術	

練習題 2

다음은 무엇에 대한 글인지 고르십시오.

> # 에너지는 꼭 필요한 만큼만 사용하세요.
> 효율적이고 합리적인 에너지 사용으로 지구의 건강을 지켜주세요.

① 전기 절약　　　② 교통 안전　　　③ 경제 활동　　　④ 건강 관리

公式

	지문 속의 핵심어 本文中的關鍵字	⇒	선택지 選項
문장 1 句子 1	에너지는 꼭 필요한 만큼만 사용하세요. 能源請依照需求使用。	⇒	전기 절약 省電
문장 2 句子 2	효율적이고 합리적인 에너지 사용으로 지구의 건강을 지켜주세요. 請有效並合理地使用能源來守護地球的健康。		

解析

本文中出現的關鍵字為「能源」、「使用」，以及利用具體的方法「有效且合理地使用能源」，因此答案是 ① 。

答案：①

語彙

에너지 能源	필요하다 需要	사용하다 使用	효율 效率	합리 合理	사용 使用
지구 地球	지키다 守護				

'도표와 같은 내용 고르기' **유형입니다.**

도표의 정보를 파악하고 선택지에서 같은 것을 고르는 문제입니다.

這是「選出與圖表相同內容」的題型。

掌握圖表的資訊後，選出內容一致的選項。

TIPS

1. 도표의 제목과 정보를 확인하세요.

2. 도표에서 각 항목들의 비율을 확인하세요.

3. 도표의 정보와 선택지의 정보를 비교하세요.

4. 선택지에서 정답을 선택하세요.

----

1. 確認圖表的標題與資訊。

2. 確認圖表中各個項目的比例。

3. 比較圖表的資訊與選項的資訊。

4. 在選項中找出正確答案。

'글과 같은 내용 고르기' 유형입니다.

다양한 글의 정보를 파악하고 선택지에서 같은 것을 고르는 문제입니다.

TIPS

1. 선택지를 모두 읽고 핵심어를 확인하여 밑줄을 치세요.

2. 지문을 읽을 때 선택지에 밑줄 친 정보가 나오는 부분에 집중하세요.

3. 선택지는 지문의 내용을 반복하거나 재구성한 것이므로 문장에 나타난 핵심어를 선택지의 문장과 비교하세요.

----

1. 看完選項內容後，確認關鍵字並畫底線。

2. 閱讀本文時，專注於選項中畫底線的部分。

3. 由於選項是重複或重組本文中的內容，試著比較句子中出現的關鍵字與選項的句子。

公式 **4** 掌握圖表的詳細內容

다음 글 또는 도표의 내용과 같은 것을 고르십시오.

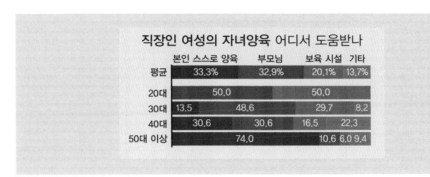

직장인 여성의 자녀양육 어디서 도움받나

	본인 스스로 양육	부모님	보육 시설	기타
평균	33.3%	32.9%	20.1%	13.7%
20대	50.0		50.0	
30대	13.5	48.6	29.7	8.2
40대	30.6	30.6	16.5	22.3
50대 이상	74.0		10.6	6.0 9.4

① 50대는 본인 스스로 양육하는 경우가 가장 적다.
② 평균적으로 보육 시설의 도움을 가장 많이 받는다.
③ 20대보다 30대가 부모님의 도움을 더 적게 받는다.
④ 40대는 평균보다 부모님의 도움을 더 적게 받는다.

公式

1. 도표의 제목을 확인하세요.   確認圖表的標題。

2. 도표의 항목을 확인하고 의미를 파악하세요.   確認圖表的項目後掌握其意思。

3. 항목 간의 차이점을 숫자를 중심으로 파악하세요.   掌握各項目之間數字的差異。

解析

① 50~59 歲自己養育的情況最少。 ➡ 最多

② 平均來說最常獲得保育設施的幫助。 ➡ 本人自己養育

③ 比起 20~29 歲，30~39 歲獲得父母親的幫助更少。 ➡ 20~29 歲 > 30~39 歲

④ 40~49 歲獲得父母親幫助的人少於平均。

➡ 以 40~49 歲來說，獲得父母親的幫助為 30.6%，平均為 32.9%。

答案：④

語彙

직장인	여성	자녀	양육	도움	본인
上班族	女性	子女	養育	幫助	本人

스스로	보육	시설	기타	평균
自行	保育	設施	其他	平均

套用公式

다음 글 또는 도표의 내용과 같은 것을 고르십시오.

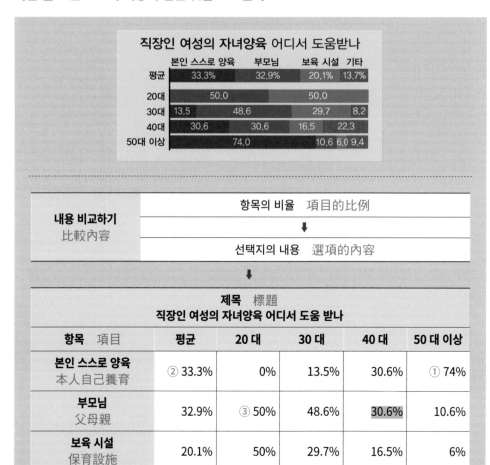

내용 비교하기 比較內容	항목의 비율　項目的比例
	⬇
	선택지의 내용　選項的內容

⬇

제목　標題
직장인 여성의 자녀양육 어디서 도움 받나

항목　項目	평균	20 대	30 대	40 대	50 대 이상
본인 스스로 양육 本人自己養育	② 33.3%	0%	13.5%	30.6%	① 74%
부모님 父母親	32.9%	③ 50%	48.6%	30.6%	10.6%
보육 시설 保育設施	20.1%	50%	29.7%	16.5%	6%
기타 其他	13.7%	0%	8.2%	22.3%	9.4%

① 50대는 본인 스스로 양육하는 경우가 가장 적다.
② 평균적으로 보육 시설의 도움을 가장 많이 받는다.
③ 20대보다 30대가 부모님의 도움을 더 적게 받는다.
④ 40대는 평균보다 부모님의 도움을 더 적게 받는다.

① 50~59 歲自己養育的情況最少。
② 平均來說最常獲得保育設施的幫助。
③ 比起 20~29 歲，30~39 歲獲得父母親的幫助更少。
④ 40~49 歲獲得父母親幫助的人少於平均。

練習題 1

다음 글 또는 도표의 내용과 같은 것을 고르십시오.

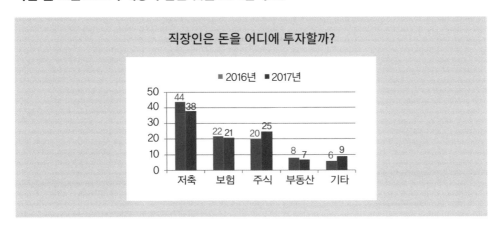

직장인은 돈을 어디에 투자할까?

① 저축은 2017년에 증가하였다.
② 두 해 모두 저축에 가장 많이 투자하였다.
③ 2017년에는 2016년보다 주식 투자가 줄었다.
④ 2017년에는 보험보다 부동산에 더 많이 투자하였다.

公式

內容 비교하기 比較內容	항목의 비율　項目的比例
	↓
	선택지의 내용　選項的內容

解析

① 儲蓄在 2017 年增加了。 ➡ 減少了

② 兩年皆投入儲蓄最多。
　　➡ 儲蓄於 2016 年時為 44%、2017 年時為 38%，佔據最多的比例。

③ 2017 年的股票投資相較於 2016 年減少了。 ➡ 增加了

④ 2017 年投資不動產多於保險。 ➡ 保險多於不動產

答案：②

語彙

직장인 上班族	돈 錢	투자하다 投資	저축 儲蓄	보험 保險	주식 股票	부동산 不動產

練習題 2

다음 글 또는 도표의 내용과 같은 것을 고르십시오.

국제 관광 박람회

입 장 권	일반	7,000원(현장 및 인터넷에서 구매 가능)
	단체	5,000원
	특별권	10,000원
무료입장	65세 이상 노인, 장애인	

※ 주말에는 단체 요금이 적용되지 않습니다.

※ 특별권을 구입하면 체험 시설 이용 시 할인받을 수 있습니다.

※ 14세 미만의 아동은 부모와 동반 시 2명까지 무료입장 가능합니다.

① 65세 이상 노인과 장애인만 무료이다.

② 일반 입장권은 인터넷에서 구입하면 할인받는다.

③ 체험 시설을 무료로 이용하려면 특별권을 사야 한다.

④ 학교에서 특별권을 사지 않고 박람회에 참가하려면 토요일보다 금요일이 더 저렴하다.

公式

內容 비교하기 比較內容	항목의 비율　項目的比例
	↓
	선택지의 내용　選項的內容

解析

① 只有65歲以上的老人與殘疾人士免費。

　➡ 未滿14歲的兒童與父母同行時，最多2名可免費入場。

② 一般入場券在網路上購買就能獲得優惠。　➡ 相同的價格

③ 若是想要免費體驗設施，就該購買特殊券。

　➡ 若是購買特殊券，使用體驗設施時就能獲得優惠。

④ 若不在學校購買特殊券又想參觀博覽會，星期五比星期六更便宜。

　➡ 週末時不適用團體價。

答案：④

語彙

국제	관광	박람회	입장권	일반	현장
國際	觀光	博覽會	入場券	一般	現場

가능	단체	무료	입장	노인	장애인
可能	團體	免費	入場	老人	殘疾人士

적용	체험	시설	할인	아동	동반
適用	體驗	設施	優惠	兒童	同行

公式 5　掌握文章的詳細內容

다음 글 또는 도표의 내용과 같은 것을 고르십시오.

> 김장을 하지 않는 가정이 계속 증가하고 있는 것으로 나타났다. 김장을 하는 집은 지난해보다 50% 정도 감소해서 열 집 중 다섯 집만이 김장을 하고 있었다. 인터넷이나 슈퍼마켓에서 언제든지 원하는 김치를 살 수 있게 되면서 김장을 하지 않는 가정이 증가하고 있는 것이다. 한편 김장을 하지 않는 이유로는 식구가 적기 때문이라고 답한 경우가 가장 많았다. 이번 조사는 지난해에 조사에 참여한 집으로 전화를 거는 방식으로 진행되었다.

① 이번 조사는 인터넷을 통해 실시하였다.
② 김장할 시간이 없다는 답변이 가장 많았다.
③ 조사된 가구 중에서 50%만 김장을 하고 있다.
④ 이번 조사와 지난해 조사는 서로 다른 가정을 대상으로 했다.

公式

1. 지문에 직접 제시된 사실 정보를 확인하고 선택지와 비교하세요.
   確認文章中直接提示的事實資訊，然後與選項進行比較。

2. 세부 내용에 대한 잘못된 정보나 새로운 정보는 지우세요.
   請刪除不符合詳細內容的錯誤資訊或新的資訊。

解析

① 這次的調查是透過網路實施。 ➡ 透過電話

② 大部分的理由是沒時間醃泡菜。 ➡ 因為人口少

③ 調查的戶數當中只有 50% 醃泡菜。 ➡ 十戶當中只有五戶醃泡菜。

④ 這次的調查對象不同於去年的調查家庭。 ➡ 去年參加調查的家庭

答案：③

語彙

김장	가정	증가	감소	김치	식구
越冬泡菜	家庭	增加	減少	泡菜	人口

적다	조사	참여하다	전화(를) 걸다	방식
少	調查	參加	打電話	方式

套用公式

다음 글 또는 도표의 내용과 같은 것을 고르십시오.

김장을 하지 않는 가정이 계속 증가하고 있는 것으로 나타났다. 김장을 하는 집은 지난

해보다 50% 정도 감소해서 열 집 중 다섯 집만이 김장을 하고 있었다. 인터넷이나 슈퍼

마켓에서 언제든지 원하는 김치를 살 수 있게 되면서 김장을 하지 않는 가정이 증가하고

있는 것이다. 한편 김장을 하지 않는 이유로는 식구가 적기 때문이라고 답한 경우가 가

장 많았다. 이번 조사는 지난해에 조사에 참여한 집으로 전화를 거는 방식으로 진행되
　　　　　　②
었다.
④　　　　　　　　①

沒有醃泡菜的家庭持續增加當中，醃泡菜的家庭比去年減少 50% 左右，十個家

庭中只有五個有醃泡菜。隨著網路或超市隨時都能購買想要的泡菜，不醃泡菜

的家庭也持續增加。另一方面，之所以不醃泡菜，大部分的理由是人口少的關
　　　　　　　　　　　　　　　　　　　　②
係。這次的調查是以去年參加調查的家庭為對象，以電訪的方式進行。
　　　　　④　　　　　　　　　　　　　　①

내용 비교하기 比較內容	지문의 내용　本文的內容
	↓
	선택지의 내용　選項的內容

① 이번 조사는 인터넷을 통해 실시하였다.
② 김장할 시간이 없다는 답변이 가장 많았다.
③ 조사된 가구 중에서 50%만 김장을 하고 있다.
④ 이번 조사와 지난해 조사는 서로 다른 가정을 대상으로 했다.

① 這次的調查是透過網路實施。
② 大部分的理由是沒時間醃泡菜。
③ 調查的戶數當中只有 50% 醃泡菜。
④ 這次的調查對象不同於去年的調查家庭。

練習題 1

다음 글 또는 도표의 내용과 같은 것을 고르십시오.

> 날씨가 추워지는 요즘, 지나치게 두꺼운 옷을 입고 다니는 사람들을 많이 볼 수 있다. 그러나 보온과 혈액순환을 위해서는 두꺼운 옷을 한 벌 입는 것보다 조금 크고 가벼운 옷을 여러 벌 겹쳐 입는 것이 훨씬 좋다. 그러나 너무 많이 입어서 땀이 많이 날 경우에는 오히려 피부에 염증이 생기거나 체온을 더 떨어뜨릴 수 있다. 따라서 건강한 겨울을 보내기 위해서는 실내외 온도차로 추위를 느끼지 않을 정도로만 입는 것이 좋다.

① 몸에 땀이 많아지면 체온이 올라간다.
② 두꺼운 옷을 입으면 건강한 겨울을 보낼 수 있다.
③ 지나치게 두꺼운 옷을 입는 것은 피하는 게 좋다.
④ 가벼운 옷을 여러 벌 겹쳐 입으면 피부에 염증이 생긴다.

公式

내용 비교하기 比較內容	지문의 내용　本文的內容
	↓
	선택지의 내용　選項的內容

解析

① ~~身體的汗變多，體溫就會上升。~~
　➡ 穿太多而大量流汗時，皮膚反而可能會發炎或導致體溫降低。

② ~~穿厚一點的衣服，就能健康地度過冬天。~~
　➡ 想要健康地度過冬天，建議穿足夠的衣服就可以了，以免穿太厚卻因室內外溫差而感到不適。

③ 最好避免穿太厚的衣服。
　➡ ~~比起穿一件較厚的衣服，穿多件較大且較輕盈的衣服會更好。~~

④ 穿多件較輕的衣服會導致皮膚發炎。 ➡ 穿太多流太多汗時才會。

答案：③

語彙

두껍다 厚	보온 保溫	혈액순환 血液循環	크다 大	땀 汗	피부 皮膚	추위 寒冷
염증 發炎	생기다 形成	체온 體溫	떨어뜨리다 降低	실내 室內	실외 室外	느끼다 感覺

練習題 2

다음 글 또는 도표의 내용과 같은 것을 고르십시오.

조선 시대의 궁중 문화를 느끼고 체험할 수 있는 문화 공간이 생겼다. 서울시에서 새로 문을 연 '궁중 체험관'이 바로 그곳이다. 입장료 5,000원만 내면 남녀노소 누구나 조선 시대의 왕이 되어 궁궐의 일상을 체험할 수 있으며 떡, 한과, 차 등의 간식을 먹을 수 있다. 체험관에는 궁중 유물과 그림도 함께 전시하여 조선 왕실의 역사와 문화를 이해할 수 있다.

① 궁중 체험관의 입장료는 무료이다.
② 궁중 체험관은 작년에도 인기가 많았다.
③ 궁중 체험관 옆에는 조선 왕실의 유물이 전시되어 있다.
④ 궁중 체험관에서 조선 시대 왕의 일상을 체험할 수 있다.

公式

내용 비교하기 比較內容	지문의 내용　本文的內容
	↓
	선택지의 내용　選項的內容

解析

① 宮廷體驗館的入場費是免費。 ➡ 只要支付入場費 5,000 元

② 宮廷體驗館於~~去年~~也~~很受歡迎~~。 ➡ 這是在首爾新開幕的宮廷體驗館。

③ 宮廷體驗館~~旁邊~~展示有朝鮮王室的遺物。
　➡ 體驗館展示有宮廷遺物和圖畫，可以理解朝鮮王室的歷史與文化。

④ 在宮廷體驗館中可體驗朝鮮時代王的日常生活。
　➡ 誰都可以成為朝鮮時代的王，體驗宮廷的日常生活。

答案：④

語彙

조선 시대 朝鮮時代	궁중 宮中	느끼다 感覺	체험하다 體驗	공간 空間	생기다 形成
열다 開啟	남녀노소 男女老少	왕 王	궁궐 宮殿	일상 日常生活	체험 體驗
유물 遺物	전시하다 展示	왕실 王室	역사 歷史	이해하다 理解	

‘순서대로 나열하기’ 유형입니다.

네 개의 문장을 읽고 논리적 순서에 맞게 문장을 나열하는 문제입니다.

這是「依照順序排列」的題型。

閱讀四個句子後按照邏輯排列句子順序。

TIPS

1. 두 개의 선택지가 고정되어 있으므로 두 문장 중에서 무엇이 첫 번째 문장인지 결정하세요.

2. 접속부사나 지시대명사를 이용하여 문장의 위치를 추측해 보세요.

3. 문장의 순서를 나열하세요.

4. 선택지에서 정답을 선택하세요.

- -

1. 其中兩個選項是固定的，請決定兩個句子中哪一個是第一句。

2. 利用連接副詞與指示代名詞推測句子的位置。

3. 排列句子的順序。

4. 在選項中找出正確答案。

公式 6　依照順序排列

다음을 순서대로 맞게 배열한 것을 고르십시오.

> (가) 만약 양쪽 발의 크기에 차이가 있으면 큰 쪽에 맞추는 게 좋다.
> (나) 우선 발의 모양을 고려하여 신발을 골라야 한다.
> (다) 그리고 신발을 살 때는 가능하면 발이 붓는 오후에 사는 게 좋다.
> (라) 신발을 살 때는 발 건강을 위해 주의할 점이 있다.

① (라) - (다) - (가) - (나)　　② (라) - (나) - (가) - (다)
③ (나) - (라) - (다) - (가)　　④ (나) - (가) - (라) - (다)

公式

전체 문장은 중심 내용과 세부 내용으로 구분할 수 있습니다. 우선 두 문장 중에서 화제와 관계 있는 첫 문장을 결정하고 접속부사나 지시대명사를 고려하여 문장들의 논리적 순서를 결정하세요. 접속부사는 135쪽, 지시대명사는 136쪽을 참고하세요.

全文可分為重點內容與詳細內容，先決定與話題相關的第一個句子，思考連接副詞或指示代名詞後決定句子的正確順序。連接副詞請參考 135 頁，指示代名詞請參考 136 頁。

解析

（라）	（나）	（가）	（다）
주의할 점	우선	만약	그리고

➡ 第一個句子是購買鞋子時的「注意事項」，具體內容依照邏輯連接，因此答案為 ②。

答案：②

語彙

신발	건강	주의하다	우선	모양	고려하다	고르다
鞋子	健康	注意	首先	外觀	考慮	挑選

만약	양쪽	차이	맞추다	가능하다	붓다	
萬一	兩邊	差異	調整	可能	腫	

套用公式

다음을 순서대로 맞게 배열한 것을 고르십시오.

(가) 만약 양쪽 발의 크기에 차이가 있으면 큰 쪽에 맞추는 게 좋다.

(나) 우선 발의 모양을 고려하여 신발을 골라야 한다.

(다) 그리고 신발을 살 때는 가능하면 발이 붓는 오후에 사는 게 좋다.

(라) 신발을 살 때는 발 건강을 위해 주의할 점이 있다.

(甲) 如果兩隻腳的大小不一樣，最好以比較大的腳為準。

(乙) 應該要先考慮腳的形狀挑選鞋子。

(丙) 而且購買鞋子時，盡可能在腳變腫的下午購買。

(丁) 購買鞋子時，為了腳的健康，有需要注意的事項。

화제　話題
↓
세부 내용　詳細內容 ⇨ 논리적 순서　邏輯順序

(라) 신발을 살 때는 발 건강을 위해 **주의할 점**이 있다.

(丁) 購買鞋子時，為了腳的健康，有需要注意的事項。

화제　話題

(나) **우선** 발의 모양을 고려하여 신발을 골라야 한다.

(乙) 應該要先考慮腳的形狀挑選鞋子。

➡ 우선 : 주의할 점(1)　首先 : 注意事項(1)

(가) **만약** 양쪽 발의 크기에 차이가 있으면 큰 쪽에 맞추는 게 좋다.

(甲) 如果兩隻腳的大小不一樣，最好以比較大的腳為準。

⇨ 만약 -(으)면 : 주의할 점(1)에 대한 세부 내용
⇨ 注意事項(1)的相關詳細內容

(다) **그리고** 신발을 살 때는 가능하면 발이 붓는 오후에 사는 게 좋다.

(丙) 而且購買鞋子時，盡可能在腳變腫的下午購買。

➡ 그리고 : 주의할 점(2)
단어, 구, 절, 문장 따위를 병렬적으로 연결할 때 사용합니다.
詞彙、片語、子句或句子並列連接時使用

練習題 1

다음을 순서대로 맞게 나열한 것을 고르십시오.

> (가) 그래서 임신·출산 사실을 증명하면 진료비 지원을 받게 될 전망이다.
>
> (나) 정부는 임신부에게 진료비를 지원하기 위해 국민행복카드를 지급한다.
>
> (다) 이와 함께 신청을 못하거나 신청 시기를 놓치지 않도록 홍보를 강화하기로 했다.
>
> (라) 카드 발급은 신용카드 회사와 건강보험공단에 신청하면 된다.

① (나) - (다) - (가) - (라)　　　② (나) - (가) - (라) - (다)

③ (라) - (나) - (다) - (가)　　　④ (라) - (가) - (나) - (다)

公式

화제　話題
↓

세부 내용　詳細內容 ⇨ 논리적 순서　邏輯順序

解析

(나) 政府為了支援孕婦診療費，於是便發給了<u>國民幸福卡</u>。

(가) <u>所以</u>預計只要證明懷孕 · 生產就能<u>獲得診療費的支援</u>。

(라) 卡片只要向信用卡公司與健康保險公團申請即可。

(다) <u>另外</u>，為了讓一般人都能<u>申請或不錯過失請時期</u>，政府決定要加強宣傳。

➡ 整體內容可分為卡片的介紹與申請，話題是「國民幸福卡片」。卡片的介紹為因果關係，是 (나) 和 (가)，卡片的申請則列舉申請方法 (라) 和申請相關詳細內容 (다)。

答案：②

語彙

정부	임신부	진료비	지원하다	카드	임신	출산	강화하다
政府	產婦	診療費	支援	卡片	懷孕	生產	強化

증명하다	지원	전망	발급	신청하다	시기	홍보
證明	支援	展望	發給	申請	時期	宣傳

練習題 2

다음을 순서대로 맞게 나열한 것을 고르십시오.

> (가) 순수하게 노력해서 값진 것을 얻어냈다는 느낌이 들기 때문입니다.
>
> (나) 치밀한 구조와 형식에 집중해서 연주하는 동안 피곤하고 힘들기 때문입니다.
>
> (다) 그러나 그런 부담감을 이겨냈을 때의 성취감은 큽니다.
>
> (라) 베토벤의 작품은 처음부터 끝까지 긴장의 연속이어서 너무 어렵습니다.

① (나) - (다) - (가) - (라)　　② (나) - (가) - (라) - (다)
③ (라) - (나) - (다) - (가)　　④ (라) - (가) - (나) - (다)

公式

화제　話題

↓

세부 내용　詳細內容 ⇨ 논리적 순서　邏輯順序

解析

(라) 貝多芬的作品從頭到尾都呈現緊張的氛圍，所以很困難。

⬐

(나) 因為專注於縝密的結構與形式，演奏時相當疲倦且吃力。

(다) 不過，戰勝那種負擔時的成就感很大。

(가) 因為有種單純憑藉努力就獲得回報的感覺。

➡ 全文在對照說明對貝多芬作品的感受與理由，話題是「貝多芬的作品」，貝多芬的作品之所以讓人覺得困難，透過 (라) 和 (나) 呈現，成就感與相關具體說明則是 (다) 和 (가)。

答案：③

語彙

베토벤 貝多芬	작품 作品	긴장 緊張	연속 連續	어렵다 困難	치밀하다 縝密	구조 結構
형식 形式	집중하다 集中	연주하다 演奏	피곤하다 疲倦	힘들다 吃力	부담감 負擔感	이기다 獲勝
성취감 成就感	다르다 不同	순수하다 純粹	노력하다 努力	값지다 有價值的	얻다 獲得	느낌 感受

附 錄

常出現在題目中的連接副詞

1. 그리고

단어, 구, 절, 문장 따위를 병렬적으로 연결할 때 사용합니다.
詞彙、片語、子句或句子並列連接時使用。

2. 그래서 / 그러니까 / 그러므로 / 따라서

앞의 내용이 원인 또는 이유임을 표시합니다.
表示前面的內容是原因或理由。

3. 그런데

화제를 앞의 내용과 관련시키면서 다른 방향으로 이끌어 나갈 때 사용합니다.
連結話題與前面的內容，並且引導往另一個方向。

4. 그러면

앞의 내용이 조건임을 표시합니다.
表示前面的內容是條件。

5. 그러나 / 그런데

앞 문장과 뒤 문장이 반대 관계임을 의미합니다.
表示前面的句子與後面的句子是相反的關係。

6. 하지만

앞의 내용을 인정하면서 반대 관계임을 표시합니다.
承認前面的內容，同時表示相反的關係。

指示代名詞

1. 이 / 이것

(1) 말하는 이에게 가까이 있거나 말하는 이가 생각하고 있는 대상을 가리킬 때 사용합니다.
(2) 앞에서 이야기한 대상을 가리킬 때 사용합니다.

(1) 指位於說話者的近處，或是指說話者所想的對象時使用。
(2) 指前面談論的對象時使用。

2. 그 / 그것

(1) 듣는 이에게 가까이 있거나 듣는 이가 생각하고 있는 대상을 가리킬 때 사용합니다.
(2) 앞에서 이미 이야기한 대상을 가리킬 때 사용합니다.

(1) 指位於說話者的近處，或是指說話者所想的對象時使用。
(2) 指前面談論的對象時使用。

3. 저 / 저것

말하는 사람과 듣는 사람으로부터 멀리 있는 대상을 가리킬 때 사용합니다.
指與話者、聽者有一段距離的對象時使用。

'빈칸에 들어갈 내용 고르기' 유형입니다.

전체 지문을 읽고 논리적 순서를 고려하여 빈칸에 들어갈 세부 내용을 고르는 문제입니다.

這是「選擇填入空格的內容」的題型。

閱讀整篇文章後思考邏輯順序後,在空格內填入詳細內容。

TIPS

1. 지문을 읽기 전에 선택지를 모두 읽고 밑줄을 치세요.

2. 전체 지문을 읽고 핵심어에 밑줄을 치세요.

   (1) 이 유형의 일부 문제에서는 선택지의 밑줄 친 정보가 지문에서 다른 말로 표현될 수 있습니다. 따라서 동의어나 다른 말로 바꾸어 표현한 것을 잘 읽어야 합니다. 지문을 읽을 때에는 같은 의미로 쓰인 다른 단어나 표현에 주의하세요.

   (2) 선택지에서 밑줄 친 핵심 단어를 자세하게 표현한 정보에 주의하세요.

   (3) 접속부사나 한국어 문법을 이용하여 구체적인 정보를 확인하세요.

3. 선택지에서 정답을 선택하세요.

---

1. 閱讀本文前,請先看完全部的選項且畫上底線。

2. 看完全文後,於關鍵字底下畫線。

   (1) 此一類型的部分問題,其選項畫底線的資訊於本文中可能會以其他詞語表現,因此,必須閱讀同義詞或其他類似的表達方式。閱讀全文時,請多加注意當作相同意思使用的其他詞彙或表達。

   (2) 請多加注意選項中詳細說明關鍵字的資訊。

   (3) 利用連接副詞與韓語文法確認具體的資訊。

3. 在選項中找出正確答案。

公式 7　選擇填入空格的內容

다음을 읽고 (　　)에 들어갈 내용으로 가장 알맞은 것을 고르십시오.

> 공기의 질에 나쁜 영향을 끼치는 오염물질은 매우 다양하다. 하지만 사람들은 공기 오염이라고 하면 대부분 자동차 배기가스나 공장이 내뿜는 회색 연기를 생각한다. 그래서 화학물질 사용으로 인한 (　　). 특히 90% 이상의 시간을 실내에서 보내는 도시 거주자들은 대부분 실내공기로 숨을 쉬기 때문에 자주 환기를 시켜야 한다. 실내의 오염된 공기와 화학물질 등이 질병을 유발하기 때문이다.

① 기업의 생산성이 증가하고 있다
② 새로운 공기 정화기를 개발해야 한다
③ 문제 해결을 위해 새로운 환경 정책이 필요하다
④ 실내공기 오염 문제가 제대로 인식되지 않고 있다

公式

빈칸 앞뒤의 문장을 읽고 빈칸에 들어갈 세부 내용을 찾으세요.
閱讀空格前後的句子，找出要填入空格的詳細內容。

答案

앞 문장 前面的句子	접속부사 連接副詞	뒤 문장 後面的句子
사람들은 ~생각한다. 人們認為～	**그래서** 所以	~제대로 인식되지 않고 있다. 未能有所認知~

➡ 「所以」的前面部分在說明對於空氣汙染的錯誤想法，由於空格後的內容是受污染的空氣會造成疾病，所以必須經常通風。從整體內容來看時，大眾對於室內空氣污染問題未能真正有所認知的 ④ 是正確答案。

答案：④

語彙

공기 空氣	영향 影響	오염 污染	물질 物質	다양하다 各式各樣	배기가스 廢氣
공장 工廠	내뿜다 噴射	회색 灰色	연기 煙霧	화학물질 化學物質	실내 室內
도시 都市	거주자 居住者	환기 通風	질병 疾病	유발하다 誘發	

套用公式

다음을 읽고 (   )에 들어갈 내용으로 가장 알맞은 것을 고르십시오.

> 공기의 질에 나쁜 영향을 끼치는 오염물질은 매우 다양하다. 하지만 사람들은 공기 오염 이라고 하면 대부분 자동차 배기가스나 공장이 내뿜는 회색 연기를 생각한다. 그래서 화학물질 사용으로 인한 (실내공기 오염 문제가 제대로 인식되지 않고 있다). 특히 90% 이상의 시간을 실내에서 보내는 도시 거주자들은 대부분 실내공기로 숨을 쉬기 때문에 자주 환기를 시켜야 한다. 실내의 오염된 공기와 화학물질 등이 질병을 유발하기 때문이다.
>
> 對空氣品質造成不良影響的污染物質有很多種，但只要一談到空氣污染，大部分的人都認為是汽車排氣或工廠排放的灰色煙霧，所以對使用化學物質造成（室內空氣污染問題並未有正確的認識）。特別是 90% 以上的時間都待在室內的都市居民大部分都吸收室內空氣，必須經常通風才行，因為室內受污染的空氣與化學物質等會誘發疾病。

앞 내용　前面的內容	빈칸　空格	뒤 내용　後面的內容

1. 글 전체의 내용을 파악하세요.

   掌握全文的內容。

2. 세부 내용에 대한 잘못된 정보나 새로운 정보는 지우세요.

   刪除關於詳細內容的錯誤資訊或新資訊。

3. 한국어 문법을 이용하세요. 135, 136쪽을 참고하세요. 접속부사는 135쪽, 지시대명사는 136쪽을 참고하세요.

   請利用韓語文法且參考 135、136 頁，連接副詞為 135 頁，指示代名詞為 136 頁。

① 기업의 생산성이 증가하고 있다
② 새로운 공기 정화기를 개발해야 한다
③ 문제 해결을 위해 새로운 환경 정책이 필요하다
④ 실내공기 오염 문제가 제대로 인식되지 않고 있다

① 企業的生產力正在增加當中
② 須研發新的空氣清淨機
③ 想要解決問題，需要新的環境政策
④ 一般人對於室內空氣污染問題沒有正確的認知

練習題 1

다음을 읽고 (　　　)에 들어갈 내용으로 가장 알맞은 것을 고르십시오.

> 말이나 행동처럼 색도 의사소통의 수단으로 사용된다. 따라서 색도 당연히 해석의 대상
> 이 된다. 그리고 개인이 색을 활용해서 자신을 표현하는 것처럼 (　　　). 단체색은 집단
> 의 정체성을 만들어 주고 구성원의 소속감을 높여준다. 좋아하는 연예인을 응원하기 위
> 해 청소년들이 같은 색의 옷을 입으며 소통하는 것이 그 예이다.

① 집단도 마찬가지이다
② 집단의 정체성은 중요하다
③ 개인을 위해 집단이 존재한다
④ 소속감과 정체성은 무관하다

公式

빈칸 앞뒤의 문장을 읽고 빈칸에 들어갈 내용을 찾으세요.
閱讀空白處前後的句子，並且找出要填入空格的內容。

앞 내용　前面的內容	**빈칸　空格**	뒤 내용　後面的內容

解析

앞 문장 前面的句子	**조사** 助詞	뒤 문장 後面的句子
개인이 ~하는 것 個人進行~	**처럼** 처럼	집단도 마찬가지이다. 組織也同樣如此

➡ 整體內容說顏色是溝通的方法，個人與組織把顏色當作溝通的工具。「像~」的前面部
分是與「個人」相關的內容，後面的部分則是與「組織」相關的內容。「처럼」是表
示「類似或相同」的助詞，因此，表示「事實上相同」的「組織也同樣如此」是正確
答案。

答案：①

語彙

말 說話	행동 行動	색 顏色	의사소통 溝通	수단 手段	사용 使用
해석 解釋	대상 對象	활용하다 運用	표현하다 表現	마찬가지 同樣	집단 集團
정체성 本質	구성원 成員	소속감 歸屬感	청소년 青少年	색깔 色澤	

練習題 2

다음을 읽고 ( )에 들어갈 내용으로 가장 알맞은 것을 고르십시오.

음식에 다양한 맛을 더해 주어 식욕을 촉진시키는 조미료를 '향신료'라고 한다. 향신료의 사용은 주로 고기를 주식으로 했던 민족에게 두드러진다. 고기는 쉽게 부패되어 좋지 않은 냄새를 내는 단점이 있다. 이것을 ( ) 향기나 매운 맛이 있는 나무의 잎과 열매를 고기와 섞어 조리하기 시작했다. 사람들은 이러한 방법을 통해 향신료를 찾아낸 것으로 추측된다.

① 쉽게 이해하기 위해
② 없앨 방법을 연구하던 중에
③ 자연 속에서 쉽게 얻기 위해
④ 장점과 연결하여 개발하던 중에

公式

빈칸 앞뒤의 문장을 읽고 빈칸에 들어갈 내용을 찾으세요.
瀏覽空格前後的句子，並且找出要填入空格的內容。

앞 내용　前面的內容	**빈칸　空格**	뒤 내용　後面的內容

解析

앞 문장 前面的句子	**지시대명사** 指示代名詞	뒤 문장 後面的句子
~냄새를 내는 단점이 있다. 有會散發臭味的缺點	**이것** 它	~찾아낸 것으로 추측된다.

➡ 全文為「發現香料」的相關推測，「它」有肉會輕易腐敗的缺點，推測之所以能克服這一類的缺點，是因為找到香料，「目前正在研究消除的方法」為填入空格最恰當的選項。

答案：②

語彙

식욕 食慾	촉진하다 促進	조미료 調味料	향신료 香料	사용 使用	고기 肉
주식 主食	민족 民族	두드러지다 凸起	부패되다 腐敗	냄새 味道	단점 缺點
없애다 消除	방법 方法	연구하다 研究	향기 香味	맵다 辣	나무 樹木
잎 葉子	열매 果實	섞다 混合	조리하다 烹調	추측되다 推測	

參考公式 8~10

'지문을 읽고 두 문제에 답하기' 유형입니다.

지문을 읽고 지문의 세부 내용을 묻는 두 문제에 답하는 문제입니다.

這是「閱讀短文後回答兩個問題」的題型。

閱讀短文後，回答兩個有關文章詳細內容的問題。

TIPS

1. 지문을 읽기 전에 문제와 선택지를 모두 읽으세요.

   (1) 문제를 읽고 유형을 확인하세요. 143쪽을 확인하세요.

   (2) 선택지를 읽고 명사, 동사, 형용사, 부사에 밑줄을 치세요.

2. 전체 지문을 읽고 핵심어에 밑줄을 치세요.

   (1) 이 유형의 일부 문제에서는 선택지의 밑줄 친 정보가 지문에서 다른 말로 표현될 수 있습니다. 따라서 동의어나 다른 말로 바꾸어 표현한 것을 잘 읽어야 합니다. 지문을 읽을 때는 같은 의미로 쓰인 다른 단어나 표현에 주의하세요.

   (2) 선택지에서 밑줄 친 핵심 단어를 자세하게 표현한 정보에 주의하세요.

   (3) 접속부사나 한국어 문법을 이용하여 구체적인 정보를 확인하세요.

3. 선택지에서 정답을 선택하세요.

---

1. 在閱讀本文前請先看完題目與選項。
   (1) 閱讀問題後確認其題型，並且參考 143 頁。
   (2) 閱讀選項後於名詞、動詞、形容詞、副詞畫上底線。

2. 閱讀全文後在關鍵字畫底線。
   (1) 此一類型的部分問題其選項畫底線的資訊於本文中可能會以其他詞語表現，因此，必須閱讀同義詞或其他類似的表達方式。閱讀全文時，請多加注意當作相同意思使用的其他詞彙或表達。
   (2) 閱讀選項中畫底線之關鍵字時。請多加注意詳細的資訊。
   (3) 使用連接副詞或韓語文法確認具體的資訊。

3. 在選項中找出正確答案。

문제 유형 問題類型	
문제 1 問題 1	**문제 2** 問題 2
빈칸에 들어갈 어구 고르기 選擇填入空格的用語 (1) 접속부사　連接副詞 (2) 부사　副詞 (3) 관용표현　慣用語	세부 내용 파악하기 掌握詳細內容
중심 생각 파악하기 掌握重點想法	
인물의 심정 파악하기 掌握人物的心情	

公式 8　選擇填入空格的語句(1) +掌握詳細內容

다음을 읽고 물음에 답하십시오.

화장품을 살 때는 용기나 포장 겉면에 적혀 있는 성분, 사용법, 주의사항, 유통기한 등을 확인하고 자신에게 맞는 화장품을 선택해야 한다. (　　) 피부가 민감한 경우에는 화장품을 사기 전에 귀밑 등 피부에 적은 양을 발라 반응을 확인해야 한다. 왜냐하면 화장품에 포함된 다양한 화학물질 때문에 피부에 좋지 않은 반응이 나타날 수 있기 때문이다. 만약 이런 반응이 나타나면 즉시 사용을 중지해야 하고 반응이 지속되면 피부과에 가는 것이 좋다.

┃문제 1┃ (　　)에 들어갈 알맞은 말을 고르십시오.

① 또는　　　　　　② 그리고　　　　　③ 그러나　　　　　④ 그러므로

┃문제 2┃ 이 글의 내용과 같은 것을 고르십시오.

① 화장품은 유통기한에 상관없이 사용이 가능하다.
② 피부에 문제가 생기면 바로 피부과에 가야 한다.
③ 화장품을 구입한 후 꼭 성분과 주의사항을 읽어야 한다.
④ 피부에 문제가 생기는 이유는 다양한 화학물질 때문이다.

公式

┃問題 1┃

접속부사　連接副詞

빈칸 앞뒤의 문장을 읽고 빈칸에 들어갈 적절한 접속부사를 찾으세요. 135 쪽을 참고하세요.
閱讀空格前後的句子，找出適合填入空格的連接副詞，請參考 135 頁。

┃問題 2┃

세부 내용 파악하기　掌握詳細內容

1. 지문에 직접 제시된 사실 정보를 확인하고 선택지를 확인하세요.
   確認本文中提示的事實資訊與選項。

2. 세부 내용에 대한 잘못된 정보나 새로운 정보는 지우세요.
   刪除關於詳細內容的錯誤資訊或新資訊。

解析

▌問題 1▌ 選出填入空格的正確選項。

①另外 　②而且 　③然而 　④因此

~확인하고 ~선택해야 한다. 須於確認 ~ 後選擇 ~	그리고 而且	~확인해야 한다. 必須確認 ~

➡ 由於排列出選擇化妝品時應確認的事項,「而且」較為恰當。　　　答案:②

▌問題 2▌ 請選出與本文內容相同的選項。

① 化妝品不受保存期限影響皆能使用。
　➡ 購買化妝品時,確認容器或包裝外側上的成分、使用方法、注意事項、保存期限等。

② 皮膚發生問題時就該立刻前往皮膚科。
　➡ 若是持續出現反應,最好去一趟皮膚科。

③ 化妝品購買後一定要閱讀成分與注意事項。
　➡ 購買化妝品時確須認容器或包裝外側的成分、使用方法、注意事項、保存期限等

④ 造成皮膚發生問題的是各式各樣的化學物質。
　➡ 因為化妝品包含各式各樣的化學物質,所以才會出現對皮膚不好的反應。　　答案:④

語彙

화장품 化妝品	용기 容器	포장 包裝	겉면 外層	성분 成分	사용법 使用方法
주의사항 注意事項	유통기한 保存期限	확인하다 確認	선택하다 選擇	민감하다 敏感	피부 皮膚
바르다 塗抹	반응 反應	포함 包含	화학물질 化學物質	중단하다 中斷	피부과 皮膚科

套用公式

다음을 읽고 물음에 답하십시오.

화장품을 살 때는 용기나 포장 겉면에 적혀 있는 성분, 사용법, 주의사항, 유통기한 등을
① ③
확인하고 자신에게 맞는 화장품을 선택해야 한다. (그리고) 피부가 민감한 경우에는 화

장품을 사기 전에 귀밑 등 피부에 적은 양을 발라 반응을 확인해야 한다. 왜냐하면 화장

품에 포함된 다양한 화학물질 때문에 피부에 좋지 않은 반응이 나타날 수 있기 때문이

다. 만약 이런 반응이 나타나면 즉시 사용을 중지해야 하고 반응이 지속되면 피부과에
②
가는 것이 좋다.

購買化妝品時須確認容器或包裝外側的成分、使用方法、注意事項、保存期限等，
③
選擇合適自己的化妝品。( ) 皮膚若是敏感，購買化妝品前應塗抹少量在耳朵等皮
①
膚的部位確認反應。因為皮膚可能會因為化妝品包含的各種化學物質產生不良的

反應，若是出現這一類的反應就必須立即停止使用，若是症狀依舊存在，最好去
②
看皮膚科。

▌問題1▐ (   )에 들어갈 알맞은 말을 고르십시오. 請選出填入空格中的正確選項。

① 또는 或是   ② 그리고 還有   ③ 그러나 然而   ④ 그러므로 因此

앞 내용　前面的內容	빈칸　空格	뒤 내용 後面的內容
화장품을 살 때는 용기나 겉면에 적혀 있는 ~ 등을 확인하고 ~화장품을 선택해야 한다. 購買化妝品時，須確認容器或外側的 ~等之後選擇~化妝品。	그리고 而且	피부가 민감한 경우에는 ~반응을 확 인해야 한다. 皮膚敏感時，須確認~的反應。

➡ 그리고 : 단어, 구, 절, 문장 따위를 병렬적으로 연결할 때 사용합니다.
　　詞彙、片語、子句或句子並列連接時使用。

▍問題 2 ▍ 이 글의 내용과 같은 것을 고르십시오.   請選出與本文內容相同的選項。

① 화장품은 유통기한에 ~~상관없어~~ 사용이 가능하다.
② 피부에 문제가 생기면 ~~바로~~ 피부과에 가야 한다.
③ 화장품을 ~~구입한 후~~ 꼭 성분과 주의사항을 읽어야 한다.
④ 피부에 문제가 생기는 이유는 다양한 화학물질 때문이다.

① 化妝品~~不受~~保存期限影響皆能使用。
② 皮膚發生問題時就該~~立刻~~前往皮膚科。
③ ~~購買~~化妝品後一定要閱讀成分與注意事項。
④ 造成皮膚發生問題的是各式各樣的化學物質。

지문의 내용 本文的內容	➡	선택지의 내용 選項的內容

➡ 1. 지문에 직접 제시된 사실 정보를 확인하고 선택지를 확인하세요.
   確認本文中直接提示的事實資訊和選項。

  2. 세부 내용에 대한 잘못된 정보나 새로운 정보는 지우세요.
   刪除關於詳細內容的錯誤資訊或新資訊。

練習題

다음을 읽고 물음에 답하십시오.

인터넷에 올린 글에 대하여 짤막하게 대답한 글을 '댓글'이라고 한다. 그런데 최근 인터넷상에는 잘못을 지적하는 '비판'이 아닌 근거 없는 비난의 댓글로 상처받는 사람들이 있다. 특히 유명 연예인은 근거 없는 댓글로 상처받는 대표적인 사람들이다. (   )는 말처럼 아무 생각 없이 근거 없는 댓글을 달아서 상대방에게 큰 상처를 주고 있는 것이다. 인터넷은 다양한 사람들과 소통을 하는 공간이다. 따라서 인터넷상에서 댓글을 달 때도 상대방을 배려하는 자세가 필요하다.

▌문제 1▌ (   )에 들어갈 알맞은 말을 고르십시오.

① 누워서 침 뱉기 한다
② 세 살 버릇 여든까지 간다
③ 가는 말이 고와야 오는 말이 곱다
④ 무심코 던진 돌에 개구리가 죽는다

▌문제 2▌ 이 글의 내용과 같은 것을 고르십시오.

① 댓글은 인터넷에서 사용하는 긴 문장이다.
② 인터넷에서 상대방의 잘못을 비판해서는 안 된다.
③ 일반인과 달리 유명 연예인은 댓글로 큰 상처를 받는다.
④ 댓글로 상대방과 소통할 때에는 배려의 자세가 중요하다.

公式

▌問題 1▌

각 문장들의 '요점'을 확인하세요. 빈칸의 앞 내용 또는 뒤 내용에 힌트가 있습니다.
確認每個句子的重點，空格前後的內容會有提示。

▌問題 2▌

1. 지문에 직접 제시된 사실 정보를 확인하고 선택지를 확인하세요.
   確認本文中直接提示的事實資訊和選項。

2. 세부 내용에 대한 잘못된 정보나 새로운 정보는 지우세요.
   刪除關於詳細內容的錯誤資訊或新資訊。

解析

問題 1

①：企圖傷害他人，卻反而害到了自己。

②：小時候養成的習慣一直到老死前都難以改過。

③：對他人說的話或行動要好，別人才會以相同的方式回應自己。

④：自己無心的一句話也可能傷害到他人。
> ➡ 整體來說內容是在批判「毫無根據的回文」，空格前後的內容是提示。因此，意思和「沒有經過思考就回覆毫無根據的內容對他人造成傷害」相同的 ④ 為正確答案。

答案：④

問題 2

① 回文是網路上使用的長句子。 ➡ 簡短回答

② 不能在網路上批評他人的錯誤。
> ➡ 並非指責錯誤的「批判」，有些人會因為毫無根據的批判文而受傷。

③ 不同於一般大，知名藝人也會因為回文而受傷。
> ➡ 知名藝人是因為毫無根據的回文而受到傷害的代表人物。

④ 利用回文與對方溝通時，體貼的態度很重要。

答案：④

語彙

인터넷	올리다	짤막하다	대답하다	잘못	지적하다
網路	上升	稍短	回答	錯誤	指明

비판	근거	비난	상처	유명	던지다
批判	根據	指責	傷勢	有名	投擲

개구리	다양하다	소통	공간	배려하다	자세
青蛙	多樣化	溝通	空間	體貼	詳細

필요하다
需要

公式 9　掌握重點想法

이 글의 중심 생각을 고르십시오.

어미 새는 새끼에게 먹이를 줄 때 살고 있는 지역의 환경에 따라 행동을 달리한다. 척박한 환경에서는 새끼를 돌볼 때 여러 새끼 중에서 일부에게만 먹이를 준다. 이때 어미 새는 소리를 크게 내어 먹이를 요구하는 신호를 많이 보내거나 몸집이 큰 새끼만 돌본다. 하지만 편안한 환경에서는 새끼를 두루 보살핀다. 먹이를 잘 먹지 못한 새끼도 챙기고 모두에게 먹이가 골고루 돌아가도록 나눠준다.

① 어미 새는 언제나 먹이를 공평하게 분배한다.
② 먹이를 달라는 신호가 어미 새의 행동을 결정한다.
③ 살고 있는 환경에 따라 어미 새의 행동이 달라진다.
④ 척박한 환경은 어미 새의 행동에 영향을 주지 않는다.

公式

문장들을 중심 내용과 세부 내용으로 나눠보세요. 문장 전체를 요약한 것이 중심 생각입니다.
試著把句子區分為重點內容與詳細內容，概括全文的就是重點想法。

解析

掌握文章的結構	
重點內容	母鳥餵食小鳥時，行動會依照居住地區的環境而不一樣。
詳細內容 1	貧脊的環境下
詳細內容 2	舒適的環境下

➡ 前面的部分談到母鳥的行動會依照環境而不同，後面的部分則具體說明了母鳥依照各個環境而不同的行動。因此，重點想法是概要前面部分的 ③ 為正確答案。

答案：③

語彙

먹이	지역	환경	달리하다	척박하다	일부	소리	요구하다
食物	地區	環境	相異	貧脊	部分	聲音	要求
신호	몸집	편안하다	골고루	돌아가다	나눠주다		
信號	體型	舒適	平均	繞行	分享		

套用公式

이 글의 중심 생각을 고르십시오.

어미 새는 새끼에게 먹이를 줄 때 살고 있는 지역의 환경에 따라 행동을 달리한다. 척박한 환경에서는 새끼를 돌볼 때 여러 새끼 중에서 일부에게만 먹이를 준다. 이때 어미 새는 소리를 크게 내어 먹이를 요구하는 신호를 많이 보내거나 몸집이 큰 새끼만 돌본다. ④ 하지만 편안한 환경에서는 새끼를 두루 보살핀다. ② 먹이를 잘 먹지 못한 새끼도 챙기고 모두에게 먹이가 골고루 돌아가도록 나눠준다. ①

母鳥餵食小鳥時，行動會依照居住地區的環境而不一樣。在貧脊的環境下照顧幼鳥時，只會餵食部分的幼鳥。此時母鳥會只照顧大叫要求餵食或體型較大的幼鳥。 ④ 但是在舒適的環境下則會無微不至地照顧幼鳥， ② 連吃不飽的幼鳥都能照顧到，平均分配食物給所有幼鳥。 ①

글의 구조 파악하기　掌握本文的結構		
어미 새는 새끼에게 먹이를 줄 때 살고 있는 지역의 환경에 따라 행동을 달리한다. 母鳥餵食小鳥時，行動會依照居住地區的環境而不一樣 ➡	중심 내용 重點 內容	중심 생각 重點 想法
척박한 환경에서는 새끼를 돌볼 때 여러 새끼 중에서 일부에게만 먹이를 준다. 在貧脊的環境下照顧幼鳥時，只會餵食部分的幼鳥。 ➡	세부 내용 詳細 內容	
하지만 편안한 환경에서는 새끼를 두루 보살핀다. 但是在舒適的環境下則會無微不至地照顧幼鳥。		

➡ 문장의 의미를 이해하고 전체 문장들의 내용을 파악하세요.
세부 내용만 설명한 것과 새로운 정보는 정답이 아닙니다.
理解句子的意思後掌握整體內容，僅說明細節的部份與新資訊並非正確答案。

① 어미 새는 ~~언제나~~ 먹이를 공평하게 분배한다. ➡ 세부 내용 / 편안한 환경에서는
② 먹이를 달라는 신호가 어미 새의 행동을 결정한다. ➡ 세부 내용
③ 살고 있는 환경에 따라 어미 새의 행동이 달라진다. ➡ 중심 내용 ➡ 주제
④ 척박한 환경은 어미 새의 행동에 영향을 ~~주지 않는다~~. ➡ 세부 내용 / 준다

① 母鳥~~隨時都~~會公平餵食幼鳥。 ➡ 詳細內容 / 舒適的環境下
② 要求食物的信號決定母鳥的行動。 ➡ 詳細內容
③ 母鳥的行動會依照居住環境而不一樣。 ➡ 重點內容 ➡ 主題
④ 貧脊的環境~~不會~~對母鳥的行動造成影響。 ➡ 詳細內容 / 給

練習題 1

이 글의 중심 생각을 고르십시오.

> 많은 운전자들이 스스로 졸음을 느껴서 의식이 없는 상태를 졸음운전으로 알고 있다. 그러나 눈꺼풀이 내려오고 졸음이 쏟아진다고 생각할 때 이미 졸음운전을 한 것으로 봐야 한다. 운전자가 시속 100㎞로 운전하다가 3초만 졸아도 100m 이상을 질주하게 된다고 한다. 브레이크를 밟거나 운전대를 돌리는 등 위험을 피하는 행동을 전혀 할 수 없어서 큰 사고로 이어지기 쉽다. 따라서 운전 도중에 졸음이 몰려온다면, 졸음을 쫓거나 참지 말고 차량을 멈추고 잠깐이라도 눈을 붙이는 것이 도움이 된다.

① 졸음운전을 하면 차의 속력이 올라간다.
② 졸음운전은 반드시 큰 사고로 이어진다.
③ 운전 중에 졸리면 잠시 휴식을 취해야 한다.
④ 사람들은 졸음운전에 대해 잘못 생각하고 있다.

公式

글의 구조 파악하기　掌握本文的結構			
따라서 운전 도중에 졸음이 몰려온다면, 졸음을 쫓거나 참지 말고 차량을 멈추고 잠깐이라도 눈을 붙이는 것이 도움이 된다. 因此，開車時若是覺得有睡意，不要試圖趕走睡意或忍耐，先停下車子，稍微閉上雙眼休息一下會有幫助。	➡	중심 내용 中心內容	중심 생각 中心思想
많은 운전자들이 스스로가 졸음을 느껴서 의식이 없는 상태를 졸음운전으로 알고 있다. 許多駕駛都有感覺到疲倦，且知道毫無意識的狀態是疲勞駕駛。	➡	세부 내용 詳細內容	

解析

前面的部分談到疲勞駕駛的相關情況，後面的部分談到疲勞駕駛的危險性、以及避開危險駕駛的方法。因此，重點想法是「疲勞駕駛很危險，想要避免此一情況就該閉上眼睛休息一下」的 ③ 。

答案：③

語彙

운전자 駕駛	졸음 睡意	느끼다 感覺	의식 意識	상태 狀態	졸음운전 疲勞駕駛	눈꺼풀 眼皮
내려오다 下來	쏟아지다 湧現	시속 時速	진행하다 進行	브레이크 剎車	밟다 踩	운전대 方向盤
돌리다 轉動	위험 危險	피하다 避開	행동 行動	사고 意外	이어지다 延續	몰려오다 湧入
쫓다 追	참다 忍耐	차량 車輛	멈추다 停止	붙이다 貼、黏	도움 幫助	

練習題 2

이 글의 중심 생각을 고르십시오.

> 모든 생명은 태어나는 순간부터 늙어간다. 누구나 처음에는 자신의 몸이 늙어가는 것을 부정하고 거부한다. 하지만 늙어가는 것을 받아들이면 자신과 삶에 대해 깊게 생각할 수 있게 된다. 즉 늙음을 자연스럽게 받아들이면서 새로운 삶을 꿈꾸게 되고 노년에 누릴 수 있는 즐거움이 적지 않음을 발견하게 된다. 그중의 하나가 '포기하는 즐거움'이다. 그동안 집착했던 것들에 매달리지 않고 놓아버림으로써 더 큰 자유를 얻을 수 있는 것이다. 결국 몸과 마음은 종전보다 더 편안해지고 오히려 더 젊어지는 기분을 느끼게 된다.

① 노년에는 몸과 마음이 편안해야 한다.
② 인간은 누구나 늙어가는 것을 두려워한다.
③ 노년에는 포기하는 즐거움이 가장 중요하다.
④ 늙어가는 것을 받아들이면 즐거움이 커진다.

公式

글의 구조 파악하기　掌握本文的結構			
늙어가는 것을 받아들이면 자신과 삶에 대해 깊게 생각할 수 있게 된다. 只要能接受自己變老的事實，就能對自己與人生進行深思。	➡	중심 내용 重點內容	중심 생각 重點想法
모든 생명은 태어나는 순간부터 늙어간다. 所有的生命從出生的瞬間開始就會變老。	➡	세부 내용 詳細內容	
늙음을 자연스럽게 받아들이면서 새로운 삶을 꿈꾸게 되고 노년에 누릴 수 있는 즐거움이 적지 않음을 발견하게 된다. 自然地接受年老，且夢想新的生活，就能發現老年時可享受的喜悅並不少。			

解析

前面的部分提到年老是自然的事情，只要接受此一事實就能過得更愉快。後面的部分具體說明前面提到的其中一項喜悅。因此，重點想法是「年老是自然的事情，接受它就會變愉快」的 ④ 為正確答案。

答案：④

語彙

생명 生命	태어나다 誕生	부정하다 否定	거부하다 拒絕	받아들이다 接受	삶 人生
꿈꾸다 作夢	누리다 享有	즐거움 愉快	포기하다 放棄	집착하다 執著	매달리다 糾纏
놓아버리다 放開	편안하다 舒適	젊어지다 變年輕			

公式 10　掌握人物的心情

밑줄 친 부분에 나타난 '나'의 심정으로 알맞은 것을 고르십시오.

점심시간에 학생 몇 명이 글짓기 공부를 하는데 한 학생이 감에 대한 글을 썼다.
「우리 학교 운동장에는 감나무 한 그루가 있다. 봄에 하얀 꽃이 피어 있는 것을 보았다. 감이 열린 줄도 몰랐는데 며칠 전에 보니 붉은 감이 주렁주렁하였다. 체육시간이 끝나고 친구들이 교실로 들어가면서 그것을 보고 모두 좋아했다. 그런데 오늘 교장선생님이 감을 따서 교실로 보냈다. 나는 반갑지 않았다. 오늘부터는 감나무에서 빨간 감을 볼 수 없기 때문이다. 잎이 모두 떨어진 가지에 감이 빨갛게 달려 있으면 참 좋을 텐데.」
나는 몹시 놀랐다. 내가 얼마나 어리석은 짓을 했는가? 어린 학생들보다 생각이 좁다니. 학생의 글처럼 오늘부터는 감을 볼 수 없다. 매일 감나무 아래에 서서 올려다보던 그 즐거움이 나에게도 사라졌다.

① 후련하다　　② 민망하다　　③ 번거롭다　　④ 안타깝다

公式

밑줄 친 부분의 앞부분 또는 뒷부분에 힌트가 있습니다. 글 전체의 내용을 고려하여 밑줄 친 부분에 나타난 인물의 심정을 파악하세요.

畫線部分的前面或後面部分有提示，思考全文後，掌握畫底線部分出現之人物的心情。

解析

筆者在看過學生寫的、描述自己因為柿子樹上的柿子被摘光而顯得心情有點失落的文章後，認為自己愚蠢的行為不僅奪走學生的喜悅，就連自己的喜悅也消失不見了。因此，畫底線的部分「從今天起無法再看見柿子」是在表達筆者遺憾的心情。

答案：④

語彙

점심시간	글짓기	감	운동장	감나무	그루
午餐時間	寫作	柿子	運動場	柿子樹	棵
체육시간	반갑다	떨어지다	달리다	놀라다	어리석다
體育課	高興	掉落	懸掛	驚訝	愚蠢
올려다보다	즐거움	사라지다			
仰視	喜悅	消失			

밑줄 친 부분에 나타난 '나'의 심정으로 알맞은 것을 고르십시오.

점심시간에 학생 몇 명이 글짓기 공부를 하는데 한 학생이 감에 대한 글을 썼다.
「우리 학교 운동장에는 감나무 한 그루가 있다. 봄에 하얀 꽃이 피어 있는 것을 보았다.
감이 열린 줄도 몰랐는데 며칠 전에 보니 붉은 감이 주렁주렁하였다. 체육시간이 끝나고
친구들이 교실로 들어가면서 그것을 보고 모두 좋아했다. 그런데 오늘 교장선생님이 감
을 따서 교실로 보냈다. 나는 반갑지 않았다. 오늘부터는 감나무에서 빨간 감을 볼 수 없
기 때문이다. 잎이 모두 떨어진 가지에 감이 빨갛게 달려 있으면 참 좋을 텐데.」
나는 몹시 놀랐다. 내가 얼마나 어리석은 짓을 했는가? 어린 학생들보다 생각이 좁다니.
학생의 글처럼 오늘부터는 감을 볼 수 없다. 매일 감나무 아래에 서서 올려다보던 그 즐
거움이 나에게도 사라졌다.

午餐時間有幾名同學在練習寫作文,其中一名寫了關於柿子的內容。
「我們學校操場有一顆柿子樹,春天時會開白色的花,沒想到還會長出柿子,幾
天前我看見滿滿的紅色柿子。體育課結束後,大家回教室時看見那個情景都覺得
很開心。不過,今天校長摘了柿子送到教室,我一點都不覺得開心,因為從今以
後就看不見柿子樹上的紅色柿子了。如果葉子全都掉落的樹枝上掛有紅色柿子就
好了。」
我非常訝異,我做了多麼愚蠢的行為呢?我的想法竟然比年幼的學生還要狹隘,
就像該名學生說的一樣,從今以後就看不見柿子了,每天站在柿子樹底下仰望柿
子的那股喜悅也消失不見了。

밑줄 친 부분과 관련된 힌트 찾기　找出與畫線部分相關的提示	
앞 내용 前面的內容	~내가 얼마나 어리석은 짓을 했는가? ~ 我做了多麼愚蠢的行為呢?
밑줄 畫線部分	오늘부터는 감을 볼 수 없다. ➡ 안타깝다 從今以後無法看見柿子 ➡ 遺憾
뒤 내용 後面的部分	~즐거움이 나에게도 사라졌다. ~ 我的喜悅也消失不見了。

글 전체를 읽고 인물의 행동이나 생각과 관련된 단어를 찾아보세요.
閱讀全文後,找出與人物的行動或想法相關的詞彙。

① 후련하다　暢快　　② 민망하다　難受　　③ 번거롭다　麻煩　　④ **안타깝다**　遺憾

練習題 1

밑줄 친 부분에 나타난 '나'의 심정으로 알맞은 것을 고르십시오.

하루 생활의 기본은 길에서 시작해서 길에서 끝난다고 해도 과언이 아니다. 집을 나서는 순간, 목적지에 도달하기 위해 머릿속은 빠르게 움직인다. 어떤 도구를 이용할까? 어떤 길을 택할까? 어디에서 맞닿는 길로 접어들 것인가를 나름대로 정리해서 실행한다. 지금은 해가 다르게 새 길이 생긴다. 얼마 전에 갈 때는 없었던 길이 느닷없이 두 갈래로 나타나서 혼란을 주기도 한다. 나는 길을 잘 찾지 못한다. <u>전에 가 봤는데도 처음 가는 것처럼 생소하여 헤맨다.</u> 어떤 곳은 분명히 이 길이라고 확신하건만 들어서 보면 아니어서 허탈해 하곤 한다. 집사람과 함께 가며 내 주장대로 했다가 몇 번이나 낭패를 당했기에 그 후부터는 나의 길 찾는 위신은 땅에 떨어지고 말았다. 나와는 반대로 집사람은 한 번 간 곳은 정확하게 기억해 낸다. 나보다 길 찾는 능력이 탁월하여 집사람이 조수석에 앉으면 나는 꼼짝없이 순한 비서가 된다.

① 섭섭하다　　② 부끄럽다　　③ 당황스럽다　　④ 불만스럽다

公式

밑줄 친 부분과 관련된 힌트 찾기　尋找和畫線部分相關的提示	
앞 내용 前面的內容	나는 길을 잘 찾지 못한다.　我找不到路。
밑줄 畫底線的部分	전에 가 봤는데도 처음 가는 것처럼 생소하여 헤맨다. 先前去過了，但卻和初次去一樣生疏，所以迷路了。
뒤 내용 後面的部分	어떤 곳은 분명히 이 길이라고 확신하건만 들어서 보면 아니어서 허탈해 하곤 한다. 有些地方本來一開始認定就是那條路，但走了之後發現其實錯了，往往都讓人覺得沮喪。
	나와는 반대로 집사람은 한 번 간 곳은 정확하게 기억해 낸다. 與我相反，妻子只要去過一次就能正確記住。

解析

作者不同於妻子，不太會找路，所以就算是有把握的路，往往都會因為生疏而迷路。畫底線的部分說明這樣的情況，傳達作者驚慌失措的心情。

答案：③

語彙

생활 生活	기본 基本	순간 瞬間	목적지 目的地	도달하다 到達	머릿속 腦海中
움직이다 行動	도구 工具	이용하다 利用	택하다 選擇	맞닿다 相接	접어들다 接近
나름 各自的	정리하다 整理	실행하다 執行	생소하다 生疏	헤매다 徘徊	확신하다 確信
허탈하다 虛脫、垂頭喪氣	낭패 狼狽	위신 威信	탁월하다 卓越		

練習題 2

밑줄 친 부분에 나타난 '나'의 심정으로 알맞은 것을 고르십시오.

> 운동은 몸과 마음을 살찌우게 한다. 산뜻한 아침 공기 속에 내달리며 테니스공을 쳐서 상대방에게 날려 보내면 가슴이 뻥 뚫려 기분이 상쾌하다. 열중하다 보니 잡념이 사라진다. 그러기에 모두가 밝은 표정이다. 게임을 하다 보면 각자의 성격을 조금은 알 수 있다. 성질이 급한 사람이 있는가 하면 느긋한 사람이 있고, 승부욕이 강한 사람이 있는가 하면 여유롭게 즐기는 사람이 있다. 그렇다면 나는 어떤 축에 속하는가? 평소에 덕을 쌓지 못했기에 실력이 달리면서도 <u>욕심을 부려 단번에 상대를 이기려는 옹졸한 마음으로 가득하다.</u> 오른쪽으로 뺄 것인가, 왼쪽으로 뺄 것인가, 길게 넣을까, 아니면 네트 앞에 있는 사람에게 강하게 보낼까, 순간마다 온갖 계략이 난무한다. 그러다가 결국은 자멸하고 만다.

① 답답하다　　② 후련하다　　③ 부끄럽다　　④ 불만스럽다

公式

밑줄 친 부분과 관련된 힌트 찾기 尋找和畫線部分相關的提示	
앞 내용 前面的內容	게임을 하다 보면 각자의 성격을 조금은 알 수 있다. 進行遊戲後就能稍微知道各自的個性。
밑줄 畫底線的部分	욕심을 부려 단번에 상대를 이기려는 옹졸한 마음으로 가득하다. 因為貪心，一心只想要一口氣贏過對方。
뒤 내용 後面的部分	오른쪽으로 뺄 것인가, 왼쪽으로 뺄 것인가, 길게 넣을까, 아니면 네트 앞에 있는 사람에게 강하게 보낼까, 순간마다 온갖 계략이 난무한다. 그러다가 결국은 자멸하고 만다. 要往右邊呢？還是往左邊呢？要拉長一點呢？還是向網前的人殺球呢？分分秒秒腦海中都浮現滿滿的策略，結果就這樣自取滅亡了。

解析

作者認為透過網球比賽可以知道一個人的個性，自己在打網球時曾一心只想要一口氣擊敗對手，結果這樣的策略卻導致自取滅亡。因此，畫底線的部分可以視為是表達自己對那樣的想法很羞愧。

答案：③

語彙

살찌우다 增肥	산뜻하다 清爽	내달리다 奔跑	테니스 網球	상쾌하다 舒暢	열중하다 熱衷	자멸하다 自取滅亡
잡념 雜念	표정 表情	급하다 急躁	느긋하다 悠閒	승부욕 好勝	여유롭다 充裕	
평소 平常	덕 托福	실력 實力	달리다 奔跑	계략 計略	난무하다 橫行	

'신문 기사의 제목 이해하기' 유형입니다.
신문 기사의 제목을 읽고 세부 내용을 예측하는 문제입니다.

這是「理解新聞標題」的題型。
閱讀新聞標題後，推測新聞的詳細內容。

TIPS

1. 신문 기사의 제목을 구성하는 핵심어에 밑줄을 치세요.
   핵심어들의 의미를 파악하세요.

2. 밑줄 친 제목을 고려하여 선택지에 밑줄을 치고 핵심어의 의미를 파악하세요. 제목의 세부 내용은 선택지에서 다른 말로 표현될 수 있습니다. 지문을 읽을 때는 같은 의미로 쓰인 다른 단어나 표현에 주의하세요.

3. 가장 적절한 선택지를 고르세요.

- -

1. 請在組成新聞標題的關鍵字底下畫線，並掌握關鍵字的意思。

2. 思考畫底線的標題，於選項畫底線後掌握關鍵字的意思。標題的詳細內容在選項中會以其他用語表現，閱讀本文時請多加留意相同意思的其他詞彙或用語。

3. 選出最恰當的選項。

公式 11　理解新聞的標題

다음 신문 기사의 제목을 가장 잘 설명한 것을 고르십시오.

> ### "공연 보고 무더위도 잊고", 여름밤 야외무대 '인기'

① 여름밤에는 야외무대에서 많은 공연이 있습니다.
② 여름밤에는 무덥지만 즐거운 야외무대 공연이 많습니다.
③ 여름밤에는 야외 공연이 있어 무더위를 잊을 수 있습니다.
④ 여름밤에는 무더위를 잊기 위해 야외 공연을 즐기는 사람들이 많습니다.

公式

	신문 제목의 핵심어　新聞標題的關鍵字						
	공연 公演	보고 觀看	무더위 酷暑	잊고 遺忘	여름밤 夏季夜晚	야외무대 戶外舞台	인기 人氣
④	야외 공연을 戶外公演	즐기는 享受	무더위를 酷暑	잊기 위해 為了遺忘	여름밤에는 於夏季夜晚	야외 공연을 戶外公演	사람들이 많습니다 人很多

1. 제목에 등장하는 핵심어를 선택지에서 확인하세요.
   從選項中確認出現在標題的關鍵字。

2. 핵심어와 비슷한 의미를 가진 단어와 표현에 주의하세요.
   留意與關鍵字意思相似的詞彙和用語。

解析

新聞的標題是由下列詳細內容組成。

「觀看公演，也能忘記酷暑」，夏夜戶外舞台、「人氣」

➡ 觀看公演：享受公演的

➡ 忘記酷暑：為了遺忘酷暑

➡ 夏夜戶外舞台：戶外公演

➡ 人氣：享受的人很多

答案：④

語彙

공연	보다	무더위	잊다	여름밤	야외무대	인기
公演	觀看	酷暑	忘記	夏夜	戶外舞台	人氣

다음 신문 기사의 제목을 가장 잘 설명한 것을 고르십시오.

"공연 보고 무더위도 잊고", 여름밤 야외무대 '인기'

「觀看公演也能忘記酷暑」，夏夜的戶外舞台「深受歡迎」

신문 제목의 핵심어 新聞標題的關鍵字						
공연 公演	보고 觀看	무더위 酷暑	잊고 遺忘	여름밤 夏季夜晚	야외무대 戶外舞台	인기 人氣
야외 공연을 戶外公演	즐기는 享受	무더위를 酷暑	잊기 위해 為了遺忘	여름밤에는 於夏季夜晚	야외 공연을 戶外公演	사람들이 많습니다 人很多

(④ 표시는 왼쪽 행)

➡ 제목은 내용을 짐작할 수 있도록 압축해서 쓴 글입니다.

제목에 있는 강조된 단어에 집중하세요.

제목의 핵심어를 이용하여 세부 내용을 추측해 보세요.

標題是為了讓讀者能推測內容而壓縮寫成的文字，請專注於標題強調的詞彙，

試著利用標題的關鍵字推測細節。

① 여름밤에는 야외무대에서 많은 공연이 있습니다.
② 여름밤에는 무덥지만 즐거운 야외무대 공연이 많습니다.
③ 여름밤에는 야외 공연이 있어 무더위를 잊을 수 있습니다.
④ 여름밤에는 무더위를 잊기 위해 야외 공연을 즐기는 사람들이 많습니다.

①夏天夜晚在戶外舞台有很多公演。
②夏天夜晚雖然很熱，但卻有許多愉快的戶外公演。
③夏天夜晚有戶外公演，讓人能忘記酷暑。
④夏天夜晚為了忘記酷暑，許多人都會去享受戶外公演。

다음 신문 기사의 제목을 가장 잘 설명한 것을 고르십시오.

카페는 불황, 독특한 체험카페는 전성시대!

① 체험카페가 다른 카페들보다 더 많은 인기를 끌고 있다.
② 카페 시장의 규모가 커지면서 체험카페가 증가하고 있다.
③ 카페는 인기가 시들해지고 다양한 체험카페들이 인기를 누리고 있다.
④ 경제 사정이 어려워지자 카페들이 인기가 많은 체험카페로 바뀌고 있다.

公式

	신문 제목의 핵심어 新聞標題的關鍵字				
	카페 咖啡廳	불황 不景氣	독특한 獨特的	체험카페 體驗咖啡廳	전성시대 全盛時期
③	카페는 咖啡	인기가 시들해지고 人氣變差	다양한 各式各樣的	체험카페들이 體驗咖啡廳	인기를 누리고 있다 享有人氣

1. 제목에 등장하는 핵심어를 선택지에서 확인하세요.
   確認標題中出現的關鍵字。

2. 핵심어와 비슷한 의미를 가진 단어와 표현에 주의하세요.
   留意與關鍵字意思相似的詞彙和用語。

解析

新聞的標題是由下列詳細內容組成。

咖啡廳不景氣，獨特的體驗咖啡廳為全盛時期

➡ 咖啡廳不景氣：人氣變差

➡ 獨特的體驗咖啡廳：各式各樣的體驗咖啡廳

➡ 全盛時代：享人氣

答案：③

語彙

카페	불황	독특하다	체험카페	전성시대
咖啡廳	不景氣	獨特	體驗咖啡廳	全盛時代

練習題 2

다음 신문 기사의 제목을 가장 잘 설명한 것을 고르십시오.

낮부터 가마솥 더위 … 내일 오후 곳곳에 소나기

① 낮부터 더위는 물러가고 내일 오후에는 비가 오겠다.
② 낮부터 더위가 계속되고 내일 오후에는 전국에 비가 오겠다.
③ 낮부터 더위가 꺾이고 내일 오후에는 일부 지역에 비가 오겠다.
④ 낮부터 더위가 계속되고 내일 오후에는 일부 지역에 비가 오겠다.

公式

신문 제목의 핵심어		新聞標題的關鍵字		
	가마솥 鐵鍋	더위 炎熱	··· ···	곳곳에 到處	소나기 陣雨
④		더위가 炎熱	계속되고 持續	일부 지역에 部分地區	비가 오겠다 會下雨

1. 제목에 등장하는 핵심어를 선택지에서 확인하세요.
   確認標題中出現的關鍵字。

2. 핵심어와 비슷한 의미를 가진 단어와 표현에 주의하세요.
   留意與關鍵字意思相似的詞彙和用語。

解析

新聞的標題是由下列詳細內容組成。

白天起就是酷暑…明天下午到處都有陣雨。

➡ 白天起就是酷暑：持續酷暑

➡ 到處：部分地區

➡ 陣雨：會下雨

答案：④

語彙

가마솥	더위	곳곳	소나기
鐵鍋	炎熱	到處	陣雨

'주제 고르기' 유형입니다.
글을 읽고 글 전체의 의미를 담고 있는 문장을 찾으세요.

這是「選出主題」的題型。
閱讀文章後找，出包含文章整體意思的句子。

TIPS

1. 선택지를 읽고 핵심어에 밑줄을 치세요.

2. 선택지의 핵심어를 고려하여 글 전체를 읽어보세요.

　(1) 중심 내용과 세부 내용으로 구분하세요.

　(2) 접속부사나 지시대명사를 활용하여 글의 구조를 파악하세요.

3. 가장 적절한 선택지를 고르세요.

---

1. 閱讀選項後，在關鍵字底下畫線。

2. 思考選項的關鍵字後閱讀全文。
　(1) 區分重點內容與詳細內容。
　(2) 運用連接副詞或指示代名詞掌握本文的結構。

3. 選出最正確的選項。

公式 12　選擇主題

다음 글의 주제로 가장 알맞은 것을 고르십시오.

홍채와 지문 등을 이용한 생체 인증은 분실의 위험이 없고 위조가 어려워 보안성이 높은 것으로 평가된다. 생체 인증의 보안성이 높이 평가받는 이유는 각 단계에서 위조나 정보 유출의 가능성이 낮기 때문이다. 특히 입력과 추출 단계의 경우 개인의 고유한 생물학적 특징을 이용하므로 복제가 어렵다. 또한 일부 특징만 추출해서 이용하기 때문에 정보가 유출되더라도 홍채나 정맥을 100% 복제하기는 힘들다. 하지만 여타 보안 관리 시스템처럼 미처 알지 못했던 취약점이 발견될 가능성은 남아있다. 관리가 소홀하다면 생체 인증의 뛰어난 보안성이 무용지물이 될 것이라는 우려도 나온다.

① 생물학적 특징을 활용한 생체 인증은 복제가 힘들다.
② 사람들은 다양한 방법으로 보안 관리 기술을 이용해 왔다.
③ 생체 인증은 많은 장점이 있지만 철저한 관리가 필요하다.
④ 생체 인증 기술은 기존 보안 관리 시스템보다 더 과학적이다.

公式

중심 내용과 세부 내용으로 구분하세요.

여러 문장에서 중요한 내용들을 결합하여 주제를 찾아보세요.

請區分重點內容與詳細內容。

結合文中的重要內容且找出主題。

解析

本文的前面部分在說明生物認證的優點，由於在連接副詞「但是」的後面具備發現生物認證之弱點的可能性，所以在說明管理的重要。因此， ③ 是蘊含全文意思的主題。

答案： ③

語彙

지문 短文	인증 認證	분실 遺失	위험 危險	위조 偽造	보안성 安全性
평가 評價	현존하다 現存	불가능하다 不可能	알려지다 出名	단계 階段	정보 資訊
유출 流出	가능성 可能性	입력 輸入	추출 抽取	특징 特徵	복제 複製
보안 保安	취약점 弱點	관리 管理	소홀하다 疏忽	무용지물 無用之物	우려 憂慮

套用公式

다음 글의 주제로 가장 알맞은 것을 고르십시오.

글의 구조 파악하기 掌握文中的結構		
홍채와 지문 등을 이용한 생체 인증은 분실의 위험이 없고 위조가 어려워 보안성이 높은 것으로 평가된다. 利用虹膜和指紋等的生物認證沒有遺失的危險性，而且難以偽造，安全性被評價為相當高。	➡	중심 내용 重點內容
생체 인증의 보안성이 높이 평가받는 이유는 각 단계에서 위조나 정보 유출의 가능성이 낮기 때문이다. 특히 입력과 추출 단계의 경우 개인의 고유한 생물학적 특징을 이용하므로 복제가 어렵다. 또한 일부 특징만 추출해서 이용하기 때문에 정보가 유출되더라도 홍채나 정맥을 100% 복제하기는 힘들다. 生物認證的安全性之所以會評價高，是因為各個階段的偽造或資料外洩的可能性很低。特別是輸入與抽取的階段，由於是利用個人特有的生物學特徵，所以難以複製。另外，因為只會抽取部分特徵來利用，就算資料外洩，虹膜或靜脈也難以 100% 複製。	➡	세부 내용 詳細內容
하지만 여타 보안 관리 시스템처럼 미처 알지 못했던 취약점이 발견될 가능성은 남아있다. 관리가 소홀하다면 생체 인증의 뛰어난 보안성이 무용지물이 될 것이라는 우려도 나온다. 但是卻有可能和其他安全管理系統一樣有尚未發現的弱點，也有人擔心若是疏於管理，生物認證的優越安全性也可能會變成無用之物。	➡	중심 내용 重點內容

➡ 주제는 글이 주로 무엇에 대한 것인지 말해줍니다. 주제는 어느 곳에나 위치할 수 있지만, 일반적으로 글의 시작 부분 또는 끝 부분에 위치합니다.

　主題說明了本文的主要內容，雖然主題可在任何一個位置，但一般來說都位於文章開始的部分或結尾的部分。

① 생물학적 특징을 활용한 생체 인증은 복제가 힘들다. ➡ 세부 내용
② 사람들은 다양한 방법으로 보안 관리 기술을 이용해 왔다.
③ 생체 인증은 많은 장점이 있지만 철저한 관리가 필요하다. ➡ 중심 내용 ➡ 주제
④ 생체 인증 기술은 기존 보안 관리 시스템보다 더 과학적이다.

① 運用生物學特徵的生物認證難以複製。 ➡ 詳細內容
② 人類利用各式各樣的方法使用安全管理技術。
③ 生物認證具備許多優點，但需要完善的管理。 ➡ 重點內容 ➡ 主題
④ 生物認證技術比既有的安全管理系統更科學。

練習題 1

다음 글의 주제로 가장 알맞은 것을 고르십시오.

> 환경에 대한 관심이 높아지고 친환경 차의 성능이 발전하면서 전기차나 수소차를 사려는 운전자들이 증가하는 추세이다. 차를 사거나 바꿀 때 운전자들은 다양한 차들을 비교하면서 꼼꼼하게 따진다. 그런데 아직은 낯선 전기차나 수소차를 선뜻 결정하는 것은 더 쉽지 않다. 전기차와 수소차는 엔진 대신 전기모터로 달리기 때문에 배기가스를 내뿜지 않는 친환경 차라는 공통점이 있다. 하지만 충전시설이 잘 갖춰져 있지 않다는 점이 소비자들의 구매를 망설이게 한다. 또한 차량을 구매한 사람들도 정비소가 대도시에만 있기 때문에 차량을 수리할 때 불편하다고 한다.

① 환경을 생각해서 친환경 차의 보급을 늘리려면 제도적 뒷받침이 필요하다.
② 환경을 생각하는 소비자들의 관심으로 친환경 차의 판매가 증가하고 있다.
③ 친환경 차에 대한 소비자들의 불만을 해소하기 위한 예산 확보가 절실하다.
④ 친환경 차의 성능이 기존 차량보다 우수해서 소비자들의 구매가 증가하고 있다.

公式

환경에 대한 관심이 높아지고 친환경 차의 성능이 발전하면서 전기차나 수소차를 사려는 운전자들이 증가하는 추세이다.
隨著一般人越來越關心環境，以及環保車的性能進步，想要購買電動車或氫氣車的駕駛有持續增加的趨勢。

하지만 충전시설이 잘 갖춰져 있지 않다는 점이 소비자들의 구매를 망설이게 한다. 또한 차량을 구매한 사람들도 정비소가 대도시에만 있기 때문에 차량을 수리할 때 불편하다고 한다.
但充電設施不夠完善讓消費者猶豫是否要購買，另外，由於修理廠都在大都市，讓購買車輛者都認為修車時很不方便。

➡ 중심 내용 ➡ 주제　重點內容 ➡ 主題

解析

前面的部分有談到，由於越來越關心環境，購買環保車的人也持續增加當中，連接副詞「但是」後面的部分則提到充電設施或修理廠不足的事實。最後，由於為了考慮環境因素而購買環保車的消費者，必須擴充充電設施或修理廠，因此 ① 涵蓋了這些內容。

答案：①

語彙

성능	발전하다	전기차	수소차	추세	비교하다
性能	發展	電動車	氫氣車	趨勢	比較
꼼꼼하다	낯설다	선뜻	배기가스	내뿜다	충전시설
細心	陌生	欣然	廢氣	噴出	充電設施
구매	망설이다	정비소	수리하다	불편하다	
購買	猶豫	修理廠	修理	不方便	

練習題 2

다음 글의 주제로 가장 알맞은 것을 고르십시오.

컴퓨터를 장시간 사용할 경우 눈이 흐릿해지거나 가렵고 충혈되는 증상이 나타난다면 '컴퓨터 시각 증후군'을 의심해 봐야 한다. 컴퓨터 화면상의 글자나 그림은 종이에 인쇄된 글자와 달리 화소로 표현되기 때문에 바탕과의 경계가 흐릿해서 눈의 초점을 유지하기 어렵다. 그래서 눈은 무의식적으로 휴식을 취하기 위해 초점을 반복적으로 이동시키는데, 이것이 눈의 긴장과 피로를 초래한다. 따라서 의식적으로 눈을 자주 깜빡거려서 안구를 촉촉하게 유지해주고, 인공눈물을 사용하는 것이 컴퓨터 시각 증후군 예방에 도움이 된다.

① 컴퓨터 시각 증후군에 대한 사회적 관심이 필요하다.
② 컴퓨터 시각 증후군의 증상에 맞는 치료법을 개발해야 한다.
③ 컴퓨터 시각 증후군의 원인과 증상의 관계를 파악해야 한다.
④ 컴퓨터 시각 증후군이 발생하지 않도록 사전에 노력해야 한다.

公式

컴퓨터를 장시간 사용할 경우 눈이 흐릿해지거나 가렵고 충혈되는 증상이 나타난다면 '컴퓨터 시각 증후군'을 의심해 봐야 한다.
長時間使用電腦後，若有覺得視線變模糊、眼睛發癢且布滿血絲的症狀，就得懷疑是否罹患「電腦視覺症候群」。

따라서 의식적으로 눈을 자주 깜빡거려서 안구를 촉촉하게 유지해주고, 인공눈물을 사용하는 것이 컴퓨터 시각 증후군 예방에 도움이 된다.
因此，有意識地經常眨眼睛讓眼睛維持濕潤，以及使用人工眼淚有助於預防電腦視覺症候群。

➡ **중심 내용** ➡ **주제**　重點內容 ➡ 主題

解析

前面的部分在介紹「電腦視覺症候群」，連接副詞「因此」後面的部分則在介紹預防電腦視覺症候群的方法。長時間使用電腦時，為了預防電腦視覺症候群而經常眨眼或使用人工眼淚的 ④ 為文章主題。

答案：④

語彙

장시간	흐릿하다	가렵다	충혈되다	증후군	화면	인공
長時間	模糊	癢	充血	症候群	畫面	人工
화소	표현되다	바탕	경계	초점	유지하다	예방
畫素	呈現	桌面	邊線	焦點	維持	預防
무의식	긴장	피로	초래하다	깜빡거리다	촉촉하다	
無意識	緊張	疲勞	導致	閃爍	潮濕	

'문장의 위치 찾기' **유형입니다.**
지문을 읽고 주어진 문장이 들어갈 가장 알맞은 위치를 선택하세요.

這是「尋找句子位置」的題型。
閱讀文章，找出該句子最適合的位置。

TIPS

1. 빈칸에 들어갈 문장의 핵심어, 접속부사, 지시대명사를 고려하여 내용을 파악하세요.

2. 각 문장의 핵심어, 접속부사, 지시대명사를 고려하여 내용을 파악하세요.

3. 빈칸에 들어갈 문장의 위치를 추측해 보세요.

4. 선택지에서 정답을 선택하세요.

---

1. 思考要填入空格之句子的關鍵字、連接副詞、指示代名詞後掌握內容。

2. 思考各個句子的關鍵字、連接副詞、指示代名詞後掌握內容。

3. 試著推測要填入空格中之句子的位置。

4. 在選項中找出正確答案。

公式 13 尋找句子的位置

다음 글에서 <보기>의 문장이 들어가기에 가장 알맞은 곳을 고르십시오.

비타민 C가 가볍게는 피로 해소나 감기 예방 효과부터 심지어는 암 예방 효과까지 있다는 주장이 의학계에서 계속 나오고 있다. (㉠) 그 결과 비타민 C 제품에 대한 수요는 끊이지 않고 있다. (㉡) 실제로 비타민 C는 에너지 대사 과정에서 우리 몸에 꼭 필요한 성분이다. (㉢) 따라서 비타민 C의 섭취 자체에 대한 이견은 거의 없다. (㉣) 하지만 비타민 C를 얼마나 섭취해야 할지, 섭취한 비타민이 인체에서 어떤 작용을 하는지는 의료계에서 아직도 뜨거운 논란거리다.

－ 보기 －
하지만 우리 몸 내부에서는 비타민 C를 합성할 수 없어서 동물 또는 식물에서 합성한 것을 섭취해야 한다.

① ㉠　　② ㉡　　③ ㉢　　④ ㉣

公式

첫 문장에서 화제를 확인하고 나머지 문장들의 핵심어, 접속부사, 지시대명사를 고려하여 주어진 문장이 들어갈 위치를 결정하세요. 접속부사는 135쪽, 지시대명사는 136쪽을 참고하세요.
確認第一個句子的內容，思考其他句子的關鍵字、連接副詞、指示代名詞後決定要填入的位置。連接副詞請參考 135 頁，指示代名詞請參考 136 頁。

解析

考慮到句子中出現的「但是」與「必須攝取維他命 C」，「維他命 C 為我們身體必備的成分」之後的 ㉢ 為最合適的位置。

答案：③

語彙

비타민	피로	해소	예방	의학계	수요	성분
維他命	疲勞	解除	預防	醫學界	需求	成份

합성하다	섭취하다	이견	인체	작용	논란
合成	攝取	異議	人體	作用	爭論

套用公式

다음 글에서 <보기>의 문장이 들어가기에 가장 알맞은 곳을 고르십시오.

비타민 C가 가볍게는 피로 해소나 감기 예방 효과부터 심지어는 암 예방 효과까지 있다는 주장이 의학계에서 계속 나오고 있다. 그 결과 비타민 C 제품에 대한 수요는 끊이지 않고 있다. 실제로 비타민 C는 에너지 대사 과정에서 우리 몸에 꼭 필요한 성분이다. (ⓒ 하지만 우리 몸 내부에서는 비타민 C를 합성할 수 없어서 동물 또는 식물에서 합성한 것을 섭취해야 한다.) 따라서 비타민 C의 섭취 자체에 대한 이견은 거의 없다. 하지만 비타민 C를 얼마나 섭취해야 할지, 섭취한 비타민이 인체에서 어떤 작용을 하는지는 의료계에서 아직도 뜨거운 논란거리다.

醫學界持續地提出維他命 C 可輕易解除疲勞、預防感冒、甚至能預防癌症之類的主張，因此對於維他命 C 產品的需求持續不斷。實際上，維他命 C 在能量代謝的過程中是我們體內必備的成分。〈 ⓒ 但是我們體內無法合成維他命 C，必須攝取動物或植物合成的維他命 C。〉 因此，一般人對於攝取維他命 C 本身沒有任何異議。但要攝取多少維他命 C？攝取的維他命在體內會產生何種作用？至今醫療界還是議論紛紛。

➡ 빈칸의 앞뒤 문장을 읽고 주어진 문장이 들어갈 가장 적절한 곳에 대한 힌트를 찾아야 합니다.

閱讀空格前後的句子，找出相關提示以填入最適合的位置。

⎯• 範例 •⎯

하지만 우리 몸 내부에서는 비타민 C를 **합성할 수 없어서** 동물 또는 식물에서 합성한 것을 **섭취해야 한다.**
但是我們體內無法合成維他命 C，必須攝取動物或植物合成的維他命 C。

① ㉠   ② ㉡   ③ ㉢   ④ ㉣

練習題 1

다음 글에서 <보기>의 문장이 들어가기에 가장 알맞은 곳을 고르십시오.

'팜파티'는 농장을 뜻하는 팜(Farm)과 파티(Party)가 결합한 말이다. (㉠) 최근 농산물을 직접 맛보고 즐기는 파티문화와 농촌체험이 결합한 팜파티가 유행하고 있다. (㉡) 팜파티는 지역별로 다양하게 프로그램을 운영하고 있는데 기본적으로 사전예약이 원칙이다. (㉢) 팜파티는 도시민과 농촌의 농민 모두에게 장점이 있다. (㉣) 그리고 농가는 자신의 농장에서 생산된 농산물을 직접 소비자에게 판매하여 소득을 올릴 수 있다.

> **보 기**
>
> 도시민들은 저렴한 가격에 신선한 농산물을 구입할 수 있다.

① ㉠   ② ㉡   ③ ㉢   ④ ㉣

公式

첫 문장에서 화제를 확인하고 나머지 문장들의 핵심어, 접속부사, 지시대명사를 고려하여 주어진 문장이 들어갈 위치를 결정하세요. 접속부사는 135쪽, 지시대명사는 136쪽을 참고하세요.

確認第一個句子的內容，思考其他句子的關鍵字、連接副詞、指示代名詞後決定要填入的位置。連接副詞請參考 135 頁，指示代名詞請參考 136 頁。

解析

思考句子前後的內容後，可知道「都市居民與農民全都具備優點」，填入 ④ 最為恰當。

答案：④

語彙

농장	결합하다	농산물	농촌	체험	유행하다
農場	結合	農產品	農村	體驗	流行

지역	다양하다	프로그램	운영하다	사전	도시민
地區	各式各樣	方案	營運	事前	都市居民

농민	장점	판매하다	소득
農民	優點	販售	所得

練習題 2

다음 글에서 <보기>의 문장이 들어가기에 가장 알맞은 곳을 고르십시오.

'인터넷전문은행'은 금융과 정보 기술을 활용해 전자적인 방법으로 금융 거래를 하는 은행을 말한다. (㉠) 인터넷전문은행은 인터넷 기반이므로 점포를 둘 필요가 없고, 그에 따른 비용 부담이 없기 때문에 다양한 서비스가 가능하다. (㉡) 따라서 소비자들은 인터넷전문은행이 제공하는 다양한 혜택과 서비스를 누릴 수 있다. (㉢) 그리고 점포 방문 없이 언제 어디서나 은행 업무를 볼 수 있다. (㉣) 하지만 인터넷전문은행은 인터넷을 기반으로 하기 때문에 개인 정보 유출과 남용이 증가할 우려가 있고, 노년층은 편리한 금융 서비스에서 소외될 가능성이 크다.

─ 보기 ─

컴퓨터나 스마트폰으로 계좌개설부터 입출금까지 은행 업무가 가능해지는 것이다.

① ㉠   ② ㉡   ③ ㉢   ④ ㉣

公式

첫 문장에서 화제를 확인하고 나머지 문장들의 핵심어, 접속부사, 지시대명사를 고려하여 주어진 문장이 들어갈 위치를 결정하세요. 접속부사는 135쪽, 지시대명사는 136쪽을 참고하세요.

確認第一個句子的內容，思考其他句子的關鍵字、連接副詞、指示代名詞後決定要填入的位置。連接副詞請參考 135 頁，指示代名詞請參考 136 頁。

解析

句子中出現的「電腦或智慧型手機」與「可處理銀行業務」是「就算不親自造訪也能瀏覽銀行業務」的具體例子，填入 ④ 最為恰當。

答案：④

語彙

금융	정보	기술	활용하다	전자	금융 거래
金融	資訊	技術	運用	電子	金融交易

기반	점포	비용	부담	서비스	혜택
基礎	店鋪	費用	負擔	服務	優惠

계좌	개설	개인 정보	유출	남용	소외
帳號	開設	個人資訊	外流	濫用	疏離

'지문을 읽고 두 문제에 답하기' 유형입니다.

지문을 읽고 지문의 세부 내용을 묻는 두 문제에 답하는 문제입니다.

這是「閱讀短文後回答兩個問題」的題型。

閱讀短文後，回答兩個有關文章詳細內容的問題。

TIPS

1. 지문을 읽기 전에 문제와 선택지를 모두 읽으세요.

  (1) 문제를 읽고 유형을 확인하세요. 176쪽을 확인하세요.

  (2) 선택지를 읽고 명사, 동사, 형용사, 부사에 밑줄을 치세요.

2. 전체 지문을 읽고 핵심어에 밑줄을 치세요.

  (1) 이 유형의 일부 문제에서는 선택지의 밑줄 친 정보가 지문에서 다른 말로 표현될 수 있습니다. 따라서 동의어나 다른 말로 바꾸어 표현한 것을 잘 읽어야 합니다. 지문을 읽을 때는 같은 의미로 쓰인 다른 단어나 표현에 주의하세요.

  (2) 선택지에서 밑줄 친 핵심 단어를 자세하게 표현한 정보에 주의하세요.

  (3) 접속부사나 한국어 문법을 이용하여 구체적인 정보를 확인하세요.

3. 선택지에서 정답을 선택하세요.

---

1. 閱讀本文前請先瀏覽問題與選項。
  (1) 閱讀問題確認題型，請參考 176 頁。
  (2) 閱讀選項後，於名詞、動詞、形容詞、副詞底下畫線。

2. 閱讀全文後於關鍵字底下畫線。
  (1) 此一類型的部分問題其選項畫底線的資訊於本文中可能會以其他詞語表現，因此，必須閱讀同義詞或其他類似的表達方式。閱讀全文時，請多加注意當作相同意思使用的其他詞彙或用語。
  (2) 多加注意選項中畫底線之關鍵字的相關詳細資訊。
  (3) 利用連接副詞和韓語文法確認詳細資訊。

3. 在選項中找出正確答案。

문제 유형　問題題型	
문제 1　問題 1	**문제 2**　問題 2
인물의 심정 파악하기 掌握人物的心情 ➡ 유형 7을 참고하세요. 請參考題型 7。	세부 내용 파악하기 掌握詳細內容 ➡ 유형 7을 참고하세요. 請參考題型 7。
문장의 위치 찾기 尋找句子的位置 ➡ 유형 10 을 참고하세요 . 請參考題型 10。	
주제 고르기 選擇主題 ➡ 유형 9 를 참고하세요 . 請參考題型 9。	빈칸에 들어갈 어구 고르기 選擇填入空格的用語 ➡ 유형 6을 참고하세요. 請參考題型 6。

公式 14　掌握人物的心情 + 掌握詳細內容

다음 글을 읽고 물음에 답하십시오.

언제 구웠는지 더운 김이 홱 끼치는 굵은 감자 세 개가 손에 뿌듯이 쥐였다.

"느 집엔 이거 없지?" 하고 생색 있는 큰소리를 하고는 제가 준 것을 남이 알면은 큰일 날 테니 여기서 얼른 먹어 버리란다. 그리고 또 하는 소리가, "너 봄 감자가 맛있단다."

"난 감자 안 먹는다. 너나 먹어라." 나는 고개도 돌리지 않고 일하던 손으로 그 감자를 도로 어깨 너머로 쑥 밀어 버렸다. 그랬더니 그래도 가는 기색이 없고, 뿐만 아니라 쌔근쌔근하고 심상치 않게 숨소리가 점점 거칠어진다. 이건 또 뭐야 싶어서 그때에야 비로소 돌아다보니 나는 참으로 놀랐다. 우리가 이 동네에 들어온 것은 근 삼 년째 되어 오지만 여태껏 가무잡잡한 점순이의 얼굴이 이렇게까지 홍당무처럼 새빨개진 법이 없었다. 게다가 눈에 독을 올리고 한참 나를 요렇게 쏘아보더니 <u>나중에는 눈물까지 어리는 것이 아니냐.</u> 그리고 바구니를 다시 집어들더니 이를 꼭 악물고는 엎어질 듯 자빠질 듯 논둑으로 횡하게 달아나는 것이다.

┃문제 1┃ 밑줄 친 부분에 나타난 점순이의 심정으로 알맞은 것을 고르십시오.

① 안심하다　　　② 미안하다　　　③ 서운하다　　　④ 당황스럽다

┃문제 2┃ 이 글의 내용과 같은 것을 고르십시오.

① 나와 점순이는 함께 일을 하고 있다.
② 점순이는 나에게 감자 다섯 개를 주었다.
③ 우리 집은 5년 전에 이 동네로 이사를 왔다.
④ 나는 점순이의 얼굴이 이렇게 빨개진 것을 본 적이 없다.

公式

┃問題 1┃

인물의 심정 파악하기　掌握人物的心情

밑줄 친 부분의 앞부분 또는 뒷부분에 힌트가 있습니다. 글 전체 내용을 고려하여 밑줄 친 부분에 나타난 글쓴이의 심정을 파악하세요.

畫底線的前面部分或後面部分有提示，考慮全文的內容，掌握畫底線處之筆者的心情。

┃問題 2┃

세부 내용 파악하기　掌握详细内容

1. 지문에 직접 제시된 사실 정보를 확인하고 선택지를 확인하세요.
   確認本文直接提出的事實資訊與選項。

2. 세부 내용에 대한 잘못된 정보나 새로운 정보는 지우세요.
   刪除關於詳細內容之錯誤資訊或新資訊。

解析

┃問題 1┃ 請選出畫底線部分之對象的心情。

➡ 小點特地送了我馬鈴薯，但我沒收下馬鈴薯，而這就變成讓小點落淚的原因。因此答案是 ③。

答案：③

┃問題 2┃ 選出與本文內容相同的選項。

① 我和小點一起工作。➡ 我頭也沒回，就用在工作的手

② 小點給了我五顆馬鈴薯。➡ 三個粗大的馬鈴薯塞滿了整隻手。

③ 我們家是 5 年前搬來這個社區。➡ 我們是近三年才來到這個社區

④ 我不曾見過小點的臉變這麼紅。➡ 小點的臉不可能紅成像紅蘿蔔一樣。

答案：④

語彙

굽다	덥다	굵다	뿌듯하다	생색	돌리다
彎曲	熱	粗	充實	面子	轉動
밀다	기색	숨소리	거칠다	놀라다	홍당무
推	氣色	呼吸聲	粗糙	訝異	紅蘿蔔
새빨갛다	바구니	자빠지다	달아나다		
鮮紅	籃子	摔倒	奔馳		

다음 글을 읽고 물음에 답하십시오.

언제 구웠는지 더운 김이 홱 끼치는 굵은 감자 세 개가 손에 뿌듯이 쥐였다.
②
"느 집엔 이거 없지?" 하고 생색 있는 큰소리를 하고는 제가 준 것을 남이 알면은 큰일

날 테니 여기서 얼른 먹어 버리란다. 그리고 또 하는 소리가, "너 봄 감자가 맛있단다."

"난 감자 안 먹는다. 너나 먹어라." 나는 고개도 돌리지 않고 일하던 손으로 그 감자를
①
도로 어깨 너머로 쑥 밀어 버렸다. 그랬더니 그래도 가는 기색이 없고, 뿐만 아니라 쌔근

쌔근하고 심상치 않게 숨소리가 점점 거칠어진다. 이건 또 뭐야 싶어서 그때에야 비로소

돌아다보니 나는 참으로 놀랐다. 우리가 이 동네에 들어온 것은 근 삼 년째 되어 오지만
③
여태껏 가무잡잡한 점순이의 얼굴이 이렇게까지 홍당무처럼 새빨개진 법이 없었다. 게

다가 눈에 독을 올리고 한참 나를 요렇게 쏘아보더니 나중에는 눈물까지 어리는 것이 아

니냐. 그리고 바구니를 다시 집어들더니 이를 꼭 악물고는 엎어질 듯 자빠질 듯 논둑으

로 힁하게 달아나는 것이다.

她的手上拿著三顆不知道何時烤好且冒著煙的粗馬鈴薯。

她裝模作樣地大聲說：「你們家沒有馬鈴薯吧？」，接著又說：「如果被別人知
道是我給的就完蛋了，在這裡快點吃掉吧！」。然後又說：「春天的馬鈴薯很美
味！」

「我不吃馬鈴薯，你吃吧！」我沒有回頭，用原本在工作的手把馬鈴薯推向肩膀
後方，但她依然沒有要離開的意思，而且呼吸異常地越來越喘。我還在想說又發
生什麼事了，回頭一看嚇了一跳，我們來到這個社區第三年了，我第一次見到小
點那黑黑的臉變成像紅蘿蔔一樣紅，而且還猛盯著我看，該不會等一下就流出眼
淚吧？她再次撿起籃子後，接著便緊閉著嘴巴，以隨時都可能摔倒的速度奮力向
前衝。

┃문제 1┃ 밑줄 친 부분에 나타난 점순이의 심정으로 알맞은 것을 고르십시오.

① 안심하다　　　② 미안하다　　　③ 서운하다　　　④ 당황스럽다

밑줄 친 부분과 관련된 힌트 찾기 找出與畫底線部分相關的提示。	
앞 내용 前面的內容	나는 고개도 돌리지 않고 일하던 손으로 그 감자를 도로 어깨 너머로 쑥 밀어 버렸다. ➡ 나의 행동 : 원인 눈에 독을 올리고 한참 나를 요렇게 쏘아보더니 ➡ 결과 1
밑줄 畫線的部分	나중에는 눈물까지 어리는 것이 아니냐. ➡ 결과 2
뒤 내용 後面的內容	논둑으로 횡하게 달아나는 것이다. ➡ 결과 3

➡ 글 전체를 읽고 인물의 행동이나 생각과 관련된 단어를 찾아보세요.
　閱讀全文後，試著尋找與人物行動或想法相關的詞彙。

┃문제 2┃ 이 글의 내용과 같은 것을 고르십시오.

① 나와 점순이는 함께 일을 하고 있다.
② 점순이는 나에게 감자 다섯 개를 주었다.
③ 우리 집은 5년 전에 이 동네로 이사를 왔다.
④ 나는 점순이의 얼굴이 이렇게 빨개진 것을 본 적이 없다.

지문의 내용 本文的內容	➡	선택지의 내용 選項的內容

1. 지문에 직접 제시된 사실 정보를 확인하고 선택지를 확인하세요.
　確認本文直接提到的事實資訊和選項。

2. 세부 내용에 대한 잘못된 정보나 새로운 정보는 지우세요.
　刪除關於詳細內容之錯誤資訊或新資訊。

練習題 1

다음 글을 읽고 물음에 답하십시오.

여러 번 자동차에 치일 뻔하면서 나는 그래도 경성역을 찾아갔다. 빈자리와 마주 앉아서 이 쓰디쓴 입맛을 거두기 위하여 무엇으로나 입가심을 하고 싶었다. 커피. 좋다. 그러나 경성역 홀에 한 걸음을 들여놓았을 때 나는 내 주머니에는 돈이 한 푼도 없는 것을, 그것을 깜박 잊었던 것을 깨달았다. 또 아뜩하였다. 나는 어디선가 그저 맥없이 머뭇머뭇하면서 어쩔 줄을 모를 뿐이었다. <u>얼빠진 사람처럼 그저 이리 갔다 저리 갔다 하면서…….</u> 나는 어디로 어디로 들입다 쏘다녔는지 하나도 모른다. 다만 몇 시간 후에 내가 미쓰코시 옥상에 있는 것을 깨달았을 때는 거의 대낮이었다. 나는 거기 아무 데나 주저앉아서 내 자라 온 스물여섯 해를 회고하여 보았다. 몽롱한 기억 속에서는 이렇다는 아무 제목도 불거져 나오지 않았다. 나는 또 내 자신에게 물어 보았다. 너는 인생에 무슨 욕심이 있느냐고. 그러나 있다고도 없다고도, 그런 대답은 하기가 싫었다. 나는 거의 나 자신의 존재를 인식하기조차도 어려웠다.

┃문제 1┃ 밑줄 친 부분에 나타난 나의 심정으로 알맞은 것을 고르십시오.

① 혼란스럽다　　　② 홀가분하다　　　③ 희열을 느끼다　　　④ 기대에 들뜨다

┃문제 2┃ 이 글의 내용과 같은 것을 고르십시오.

① 나는 경성역 앞에서 교통사고가 났다.
② 나는 커피를 살 때 돈이 없는 것을 알았다.
③ 내가 미쓰코시 옥상에 도착한 것은 저녁이었다.
④ 나는 옥상에 주저앉아서 스물여섯 해를 떠올려 보았다.

公式

┃問題 1┃

밑줄 친 부분과 관련된 힌트 찾기　尋找與畫線部分相關的提示	
앞부분 내용 前面部分的內容	나는 어디선가 그저 맥없이 머뭇머뭇하면서 어쩔 줄을 모를 뿐이었다. 我只是猶豫不決且不知所措而已。
밑줄 畫底線	얼빠진 사람처럼 그저 이리 갔다 저리 갔다 하면서…… 就像精神恍惚的人一樣四處遊蕩…
뒷부분 내용 後面部分的內容	나는 어디로 어디로 들입다 쏘다녔는지 하나도 모른다. 我對自己在哪四處遊蕩都毫無頭緒。

┃問題 2┃

1. 지문에 직접 제시된 사실 정보를 확인하고 선택지를 확인하세요.
   確認本文直接提出的事實資訊與選項。

2. 세부 내용에 대한 잘못된 정보나 새로운 정보는 지우세요.
   刪除關於詳細內容之錯誤資訊或新資訊。

解析

┃問題 1┃ 請選出畫底線部分之正確的心情。

➡ 考慮到畫底線前面的部分是「我只是猶豫不決且不知所措而已」，和後面的部分「我對自己在哪四處遊蕩都毫無頭緒」，答案是 ①。

答案：①

┃問題 2┃ 請選出與本文內容相同的選項。

① 我在京城站前面發生交通意外。 ➡ 差一點被汽車撞到～

② 我在買咖啡時知道自己沒錢。 ➡ 我一毛錢都沒有，也明白了我一直忘了這件事。

③ 我抵達三越株式會社頂樓已經是~~晚上~~。 ➡ 是白天。

④ 我在頂樓回想過去二十六個年頭。

答案：④

語彙

자동차 汽車	치이다 被撞	쓰디쓰다 痛苦	입맛 胃口	입가심 漱口	맥없다 沒力氣
얼빠지다 精神恍惚	옥상 屋頂	회고하다 回顧	몽롱하다 精神恍惚	불거지다 鼓起	존재 存在
인식하다 認知					

練習題 2

다음 글을 읽고 물음에 답하십시오.

그는 건넌방으로 뛰어들었다. 그러나 색시는 없었다. 다시 안방으로 뛰어들었다. 그러나 또 없고 새서방이 그의 팔에 매달리어 구원하기를 애원하였다. 그러나 그는 그것을 뿌리쳤다. 다시 서까래에 불이 시뻘겋게 타면서 그의 머리에 떨어졌다. 그러나 그는 그것을 몰랐다. 부엌으로 가 보았다. 거기서 나오다가 문설주가 떨어지며 왼팔이 부러졌다. 그러나 그것도 몰랐다. 그는 다시 광으로 가 보았다. 거기도 없었다. 그는 다시 건넌방으로 들어갔다. 그때야 그는 색시가 타죽으려고 이불을 쓰고 누워 있는 것을 보았다. 그는 색시를 안았다. 그리고는 길을 찾았다. 그러나 나갈 곳이 없었다. 그는 하는 수 없이 지붕으로 올라갔다. 그는 비로소 자기의 몸이 자유롭지 못한 것을 알았다. 그러나 <u>그는 자기가 여태까지 맛보지 못한 즐거운 쾌감을 자기의 가슴에 느끼는 것을 알았다.</u> 색시를 자기 가슴에 안았을 때 그는 이제 처음으로 살아난 듯하였다. 그는 자기의 목숨이 다한 줄 알았을 때, 그 색시를 내려놓을 때는 그는 벌써 목숨이 끊어진 뒤였다. 집은 모조리 타고 벙어리는 색시를 무릎에 뉘고 있었다. 그의 울분은 그 불과 함께 사라졌을는지! 평화롭고 행복스러운 웃음이 그의 입 가장자리에 엷게 나타났을 뿐이다.

▌**문제 1** ▌ **밑줄 친 부분에 나타난 인물의 심정으로 알맞은 것을 고르십시오.**

① 혼란스럽다   ② 당황스럽다   ③ 희열을 느끼다   ④ 절망에 빠지다

▌**문제 2** ▌ **이 글의 내용과 같은 것을 고르십시오.**

① 그는 불 속에서 새서방을 구했다.
② 불이 나서 집은 모두 타고 그는 죽었다.
③ 그의 왼팔은 색시를 구하고 나서 부러졌다.
④ 색시는 죽기 위해 안방에서 이불을 쓰고 있었다.

公式

問題 1

밑줄 친 부분과 관련된 힌트 찾기　尋找與畫線部分相關的提示	
앞부분 내용 前面部分的內容	그는 색시를 안았다. 그리고는 길을 찾았다. 他抱住新娘，並且找到了路。
밑줄 畫底線	그는 자기가 여태까지 맛보지 못한 즐거운 쾌감을 자기의 가슴에 느끼는 것을 알았다. 他終於明白至今未曾體會到的快感。
뒷부분 내용 後面部分的內容	평화롭고 행복스러운 웃음이 그의 입 가장자리에 엷게 나타났을 뿐이다. 他的嘴角泛著平靜且幸福的笑容。

問題 2

1. 지문에 직접 제시된 사실 정보를 확인하고 선택지를 확인하세요.
   確認本文直接提出的事實資訊與選項。

2. 세부 내용에 대한 잘못된 정보나 새로운 정보는 지우세요.
   刪除關於詳細內容之錯誤資訊或新資訊。

解析

問題 1 請選出畫線部分出現之人物的心情。

考慮前面畫線部分「他抱住新娘，並且找到了路。」、以及後面部分「他的嘴角泛著平靜且幸福的笑容。」，答案是 ③。

答案：③

問題 2 選出和本文內容相同的選項。

① 他在火中救了新郎。 ➡ 甩開了

② 失火了，家全都燒毀，他也死了。

③ 他的左手在救出新娘後斷了。 ➡ 救出前

④ 新娘因為想死，在臥室裡蓋著棉被。 ➡ 在對面房間

答案：④

語彙

건넌방	뛰어들다	색시	안방	매달리다	구원하다
對面房間	跳入	新娘	主臥	懸掛	救援

애원하다	뿌리치다	쾌감	벙어리	울분	가장자리
懇求	甩掉	快感	啞巴	氣憤	邊緣

12 看完短文後回答三個問題

'지문을 읽고 세 문제에 답하기' 유형입니다.

지문을 읽고 지문의 세부 내용을 묻는 세 문제에 답하는 문제입니다.

這是「閱讀短文後回答三個問題」的題型。

閱讀短文後，回答三個有關文章詳細內容的問題。

TIPS

1. 지문을 읽기 전에 문제와 선택지를 모두 읽으세요.

   (1) 문제를 읽고 유형을 확인하세요. 186쪽을 확인하세요.

   (2) 선택지를 읽고 명사, 동사, 형용사, 부사에 밑줄을 치세요.

2. 전체 지문을 읽고 핵심어에 밑줄을 치세요.

   (1) 이 유형의 일부 문제에서는 선택지의 밑줄 친 정보가 지문에서 다른 말로 표현될 수 있습니다. 따라서 동의어나 다른 말로 바꾸어 표현한 것을 잘 읽어야 합니다. 지문을 읽을 때는 같은 의미로 쓰인 다른 단어나 표현에 주의하세요.

   (2) 선택지에서 밑줄 친 핵심 단어를 자세하게 표현한 정보에 주의하세요.

   (3) 접속부사나 한국어 문법을 이용하여 구체적인 정보를 확인하세요.

3. 선택지에서 정답을 선택하세요.

---

1. 閱讀本文前請先瀏覽問題與選項。
   (1) 閱讀問題確認題型，請參考 186 頁。
   (2) 閱讀選項後，於名詞、動詞、形容詞、副詞底下畫線。

2. 閱讀全文後於關鍵字底下畫線。
   (1) 此一類型的部分問題其選項畫底線的資訊於本文中可能會以其他詞語表現，因此，必須閱讀同義詞或其他類似表達方式。閱讀全文時，請多加注意當作相同意思使用的其他詞彙或表現。
   (2) 多加注意選項中畫底線之關鍵字的相關詳細資訊。
   (3) 利用連接副詞和韓語文法確認詳細資訊。

3. 在選項中找出正確答案。

문제 유형　問題類型	
문제 1　問題 1	**글의 목적 파악하기** 掌握本文的目的
문제 2　問題 2	**빈칸에 들어갈 어구 고르기** 選擇填入空格的用語
문제 3　問題 3	**필자의 태도 파악하기** 掌握作者的態度

公式 15

掌握文章的目的 + 選擇填入空格的用語 + 掌握作者的態度

다음을 읽고 물음에 답하십시오.

초원의 동반자였던 인간과 동물의 관계가 혁명적으로 변화한 것은 약 1만 2천 년 전부터이다. 염소, 양, 돼지에 이어 소가 차례로 가축화되며 길들여졌다. 이로써 인간은 고기와 우유 등을 안정적으로 공급받았고, 털과 가죽 등 여러 가지 부산물도 얻었다. 당시에는 하나하나의 개체에 그 나름의 의미가 있었고, 인간과의 관계는 여전히 상호보완적이었다. 하지만 산업혁명 이후 인간과 동물 사이의 관계가 극단적으로 양분되었다. 특히 사육동물의 산업화가 급속히 진행되면서 동물들은 인간과 심리적·정서적으로 거리가 멀어졌다. 현재 대부분의 동물은 노예처럼 착취당하고 인간에 의해 먹히고 있다. 야생 동물의 경우는 무차별적 포획으로 지금 이 순간도 60초에 한 종씩 멸종의 운명을 맞고 있다. 하지만 잊지 말아야 할 것은 동물이 없으면 인간은 살 수 없지만 (   ) 점이다. 본질적으로 인간은 동물이라는 점에서 짐승과 같으며 공존과 상생을 추구할 때 인간 사이의 관계에도 긍정적 영향을 줄 수 있다. 따라서 인간이 다른 인간과 관계를 지속해야 하듯이, 야생의 힘과도 친밀한 유대 관계를 유지해야 한다.

┃문제 1┃ 필자가 이 글을 쓴 목적을 고르십시오.

① 동물과 인간의 공생 관계를 강조하려고
② 멸종 동물의 보호에 대한 경각심을 촉구하려고
③ 사육 동물의 산업화로 예상되는 이익을 제안하려고
④ 시대의 흐름에 따른 인간과 동물의 관계를 설명하려고

┃문제 2┃ (   )에 들어갈 내용으로 알맞은 것을 고르십시오.

① 자연과 인간이 함께 살아가야 한다는
② 환경의 변화에 따라 동물들도 변화한다는
③ 인간이 없어도 동물들은 살아갈 수 있다는
④ 동물들도 같은 생명체로 존중받아야 한다는

┃문제 3┃ 밑줄 친 부분에 나타난 필자의 태도로 알맞은 것을 고르십시오.

① 야생 동물 남획에 대해 비판하고 있다.
② 다른 동물과 야생 동물의 차이를 설명하고 있다.
③ 멸종 위기 동물이 증가할 것으로 예측하고 있다.
④ 야생 동물 보호에 대한 다양한 방법을 제시하고 있다.

公式

┃問題 1┃

글의 목적 파악하기
掌握本文的目的

글의 내용을 중심 내용과 세부 내용으로 나눠 보세요.
試著區分重點內容與詳細內容。

중심 내용을 통해 필자가 글을 쓴 목적을 추측해 보세요.
透過重點內容推測作者的用意。

┃問題 2┃

빈칸에 들어갈 어구 고르기
選擇填入空格的用語

빈칸 앞뒤의 문장을 읽고 빈칸에 들어갈 세부 내용을 찾으세요.
閱讀空格前後的句子，找出要填入空格的詳細內容。

┃問題 3┃

필자의 태도 파악하기
掌握作者的態度

밑줄 친 부분의 앞부분 또는 뒷부분에 힌트가 있습니다.
畫底線的前面部分或後面部分有提示。

글 전체 내용을 고려하여 밑줄 친 부분에 나타난 필자의 태도를 파악하세요.
考慮全文內容，掌握底線部分的作者態度。

▌問題 1▌ 請選出作者寫本文的目的。

➡️「因此就如同人類與他人須維持關係一樣，同時也必須和野生的力量維持親密的紐帶關係」此為作者的主旨，答案是 ① 。

答案：①

▌問題 2▌ 請選出填入空格中正確的內容。

空格前的內容是「當時每一個個體都有其存在的意義，和人類依然是互補的關係，但工業革命後，人類與動物之間的關係劇烈地劃分為二」，空格後的內容則是「從本質上來說，人類就和禽獸一樣，追求共存與相生時，可以對人類之間的關係造成正向的影響」，從這兩個部分來思考，以及「不過有一點我們一定要記住，人類沒有動物就無法生存，但（就算沒有人類，動物依然能生存）。」括號裡面的內容與前面的句子相反，可知答案是 ③ 。

答案：③

▌問題 3▌ 請選出底線部分的作者態度。

從全文來看，人類與動物是互補的關係，必須追求共存共生，因此，作者透過底線部份批評了人類這種破壞共生共存的行為，答案是 ① 。

答案：①

語彙

초원	동반자	혁명	가축	공급	부산물
草原	同伴者	革命	家畜	供給	副產品

개체	상호보완	산업혁명	극단적	양분되다	사육
個體	互補	工業革命	極端的	分成兩部分	飼育

산업화	심리	정서적	멀어지다	노예	착취
產業化	心理	情緒性	變遙遠	奴隸	榨取

무차별	포획	멸종	공존	상생	추구하다
無差別	捕獲	絕種	共存	共生	追求

지속하다	친밀하다	유대 관계	남획
持續	親密	鏈結關係	過度捕撈

다음을 읽고 물음에 답하십시오.

초원의 동반자였던 인간과 동물의 관계가 혁명적으로 변화한 것은 약 1만 2천 년 전부터이다. 염소, 양, 돼지에 이어 소가 차례로 가축화되며 길들여졌다. 이로써 인간은 고기와 우유 등을 안정적으로 공급받았고, 털과 가죽 등 여러 가지 부산물도 얻었다. 당시에는 하나하나의 개체에 그 나름의 의미가 있었고, 인간과의 관계는 여전히 상호보완적이었다. 하지만 산업혁명 이후 인간과 동물 사이의 관계가 극단적으로 양분되었다. 특히 사육동물의 산업화가 급속히 진행되면서 동물들은 인간과 심리적·정서적으로 거리가 멀어졌다. 현재 대부분의 동물은 노예처럼 착취당하고 인간에 의해 먹히고 있다. 야생 동물의 경우는 무차별적 포획으로 지금 이 순간도 60초에 한 종씩 멸종의 운명을 맞고 있다. 하지만 잊지 말아야 할 것은 동물이 없으면 인간은 살 수 없지만 (인간이 없어도 동물들은 살아갈 수 있다는) 점이다. 본질적으로 인간은 동물이라는 점에서 짐승과 같으며 공존과 상생을 추구할 때 인간 사이의 관계에도 긍정적 영향을 줄 수 있다. 따라서 인간이 다른 인간과 관계를 지속해야 하듯이, 야생의 힘과도 친밀한 유대 관계를 유지해야 한다.

曾是草原同伴者的人類與動物之間的關係產生革新性的變化大約是在 1 萬 2 千年前開始，繼山羊、綿羊、豬之後輪到牛變成家畜被飼養。人類藉由此一方式穩定地獲得肉類與牛奶等，以及毛和皮革等多種副產品。

當時每一個個體都有其存在的意義，和人類依然是互補的關係，但工業革命後，人類與動物之間的關係劇烈地劃分為二，特別是飼育動物的產業化急速進行，動物們和人類在心裡、情緒上的距離越來越遠。

目前大部分的動物被當作奴隸壓榨且被人類食用，野生動物則被不分青紅皂白地被捕捉，此時此刻每 60 秒就有一種動物瀕臨絕種。不過有一點我們一定要記住，人類沒有動物就無法生存，但 (就算沒有人類，動物依然能生存)。

從本質上來說，人類就和禽獸一樣，追求共存與相生時，可以對人類之間的關係造成正向的影響。因此，就如同人必須與他人維持關係一樣，也必須與野生的力量維持親密的鏈結關係。

┃문제 1┃ 필자가 이 글을 쓴 목적을 고르십시오.

① 동물과 인간의 공생 관계를 강조하려고
② 멸종 동물의 보호에 대한 경각심을 촉구하려고
③ 사육 동물의 산업화로 예상되는 이익을 제안하려고
④ 시대의 흐름에 따른 인간과 동물의 관계를 설명하려고

당시에는 하나하나의 개체에 그 나름의 의미가 있었고, 인간과의 관계는 여전히 상호보완적이었다. ➡	**중심 내용** 重點內容
따라서 인간이 다른 인간과 관계를 지속해야 하듯이, 야생의 힘과도 친밀한 유대 관계를 유지해야 한다. ➡	

➡ **글의 목적 파악하기** 掌握本文的目的

➡ 필자는 비판, 걱정, 강조, 제안, 주장, 설명 등을 표현합니다.
　　作者表達批評、擔憂、強調、提議、主張、說明等。

∥문제 2∥ (　　　)에 들어갈 내용으로 알맞은 것을 고르십시오.

① 자연과 인간이 함께 살아가야 한다는
② 환경의 변화에 따라 동물들도 변화한다는
③ 인간이 없어도 동물들은 살아갈 수 있다는
④ 동물들도 같은 생명체로 존중받아야 한다는

앞 내용　前面的內容	뒤 내용　後面的內容
동물이 없으면 인간은 살 수 없지만	(인간이 없어도 동물들은 살아갈 수 있다는)

➡ -지만 : 앞의 내용을 인정하면서 반대 관계임을 표시합니다.
　　認同前面的內容，同時又表示相反的關係。

➡ 글 전체의 내용을 고려하여 빈칸에 들어갈 가장 자연스러운 내용을 선택하세요.
　　考慮全文，選擇最適合填入空格的內容。

∥문제 3∥ 밑줄 친 부분에 나타난 필자의 태도로 알맞은 것을 고르십시오.

① 야생 동물 남획에 대해 비판하고 있다.
② 다른 동물과 야생 동물의 차이를 설명하고 있다.
③ 멸종 위기 동물이 증가할 것으로 예측하고 있다.
④ 야생 동물 보호에 대한 다양한 방법을 제시하고 있다.

밑줄 친 부분과 관련된 힌트 찾기　找出和畫底線部分相關的提示	
앞 내용 前面的內容	산업혁명 이후 인간과 동물 사이의 관계가 극단적으로 양분되었다.
밑줄 畫底線的部分	야생동물의 경우는 무차별적 포획으로 지금 이 순간도 60초에 한 종씩 멸종의 운명을 맞고 있다.
뒤 내용 後面的內容	하지만 잊지 말아야 할 것은 ~인간이 다른 인간과 관계를 지속해야 하듯이, 야생의 힘과도 친밀한 유대 관계를 유지해야 한다.

➡ 글 전체를 읽고 필자의 행동이나 생각과 관련된 단어를 찾아보세요.
　　閱讀全文後，試著找出和作者行動或想法相關的詞彙。

다음을 읽고 물음에 답하십시오.

최근 몇 달간 보도된 일부 언론 기사들의 제목을 보면 하나같이 본래의 뜻과 다르게 '<u>민낯</u>'을 '숨겨야 할 부끄러운 얼굴'이란 뜻으로 사용하고 있다. 그러면 '<u>떳떳이 남에게 드러낼 수 있는 얼굴</u>'은 어떤 얼굴일까?

'민낯'의 반대, 즉 '화장한 얼굴'이어야 비유의 대칭이 맞다. 화장 안 한 얼굴이 이토록 부끄러운 존재가 되어 버린 것은 (   )고 볼 수 있다. 어느덧 성인 여성은 외출할 때는 으레 화장을 해야 하는 것으로 여기게 되었다. 화장을 시작하는 연령은 점점 낮아져서 이제 중·고등학생이라면 화장을 하지 않는 것이 오히려 이상하게 여겨질 정도다. 상당수 중·고등학교에는 여학생의 화장을 금지하는 교칙이 있지만, 워낙 화장하는 학생이 많아 '꼴불견'일 정도로 진한 화장이 아니면 묵인하는 경우가 대부분이라고 한다. 이처럼 거의 전 연령대에 걸쳐 화장이 보편화되고 있지만, 문제는 부작용이다. 안전 규제가 엄격해진 요즘에는 유해 물질이 포함된 화장품으로 인해 심각한 문제가 발생하는 경우는 드물다. 그러나 여전히 다수의 화장품에는 각종 부작용을 일으킬 수 있는 성분이 포함되어 있어서 주의가 필요하다. 특히 피부가 연약한 어린이와 피지의 분비가 활발한 청소년은 화장품 사용을 자제하는 것이 좋다.

▎문제 2 ▎ 필자가 이 글을 쓴 목적을 고르십시오.

① 화장품 사용 시 주의 사항을 소개하기 위해
② 화장품의 부작용으로 인한 피해 보상을 요구하기 위해
③ 어린이와 청소년에게 화장품 사용에 대한 주의를 알리기 위해
④ 여성에게 화장을 강요하는 남성에 대해 경각심을 촉구하기 위해

▎문제 2 ▎ (   )에 들어갈 내용으로 알맞은 것을 고르십시오.

① 화장품의 소비 주체가 다양하다
② 능력보다 외모를 중시하는 사람들이 많다
③ 여성에게 화장이 당연시되는 풍조와 관련이 있다
④ 자외선이 강해 피부를 보호하려는 생각이 많아졌다

▎문제 3 ▎ 밑줄 친 부분에 나타난 필자의 태도로 알맞은 것을 고르십시오.

① 사회적 갈등 발생에 대해 경계하고 있다.
② 일부 언론 기사의 제목에 대해 공감하고 있다.
③ 사전의 뜻과 거리가 있는 어휘 사용에 대해 염려한다.
④ 서로 다른 것이 공존할 때 가져올 혼란에 대해 공감하고 있다.

公式

┃問題 1┃

글의 내용을 중심 내용과 세부 내용으로 나눠 보세요.
試著區分重點內容與詳細內容。

중심 내용을 통해 필자가 글을 쓴 목적을 추측해 보세요.
透過重點內容推測作者的用意。

┃問題 2┃

빈칸 앞뒤의 문장을 읽고 빈칸에 들어갈 세부 내용을 찾으세요.
閱讀空格前後的句子，找出要填入空格的詳細內容。

┃問題 3┃

밑줄 친 부분의 앞부분 또는 뒷부분에 힌트가 있습니다.
畫底線部分之前面部分或後面部分有提示。

글 전체의 내용을 고려하여 밑줄 친 부분에 나타난 필자의 태도를 파악하세요.
考慮全文內容後，掌握底線部分的作者態度。

解析

┃問題 1┃ 請選擇作者寫本文的用意。

從「就這樣幾乎在每個年齡層中化妝變得普遍，但問題就在於副作用」、「特別是皮膚脆弱的小朋友與皮脂分泌旺盛的青少年使用化妝品時最好能克制一點」可知答案是 ③。

答案：③

┃問題 2┃ 請選出填入空格的正確選項。

空格的部分是「沒化妝的臉之所以會變得如此羞愧」的原因，空格後出現「不知不覺成人女性外出時都認為化妝是必然的」，從這兩個部分來思考，可知答案是 ③。

答案：③

┃問題 3┃ 請選擇底線部分的作者態度。

從部份媒體標題的語彙被用來指涉與其本意不同的意思，以及「沒化妝的臉之所以會變得如此羞愧」這兩個部分來看時，可知答案是 ③。

答案：③

語彙

보도	언론	떳떳하다	화장	비유	대칭
報導	輿論	堂堂正正	化妝	比喻	對稱

존재	당연시	풍조	외출	연령	금지
存在	視為理所當然	風潮	外出	年齡	禁止

교칙	묵인하다	보편	부작용	안전	규제
校規	默認	普遍	副作用	安全	管制

유해	물질	성분	포함되다	자제하다
有害	物質	成份	包含	自制

다음을 읽고 물음에 답하십시오.

> 정부의 적극적인 다문화 정책 덕택에 국내 체류 외국인이 다문화 사회 진입 기준인 5%에 근접하고 있다. 정부가 2006년 다문화 정책을 공식적으로 시행한 이후 다문화 정책은 그동안 시행착오를 거듭했다. 정부는 법률과 제도를 (   ) 다문화 사회로 이행하는 기반을 다졌다. 다문화 정책은 외국인의 국내 정착을 지원하는 데 초점을 맞추고 이들이 '이방인'에서 '이웃'으로 변모하는 데 기여했다. 덕분에 한국에 보금자리를 꾸린 다문화 가정이 크게 늘고 이들의 사회적 위상도 높아졌다. <u>하지만 이런 성과에도 불구하고 부작용도 적지 않았다.</u> 우선 다문화 정책을 총괄하는 컨트롤타워가 정해지지 않은 채 기관마다 제각각 예산을 집행해 정책이 중복되고 있다. 그리고 각종 정책이 정부 주도로 추진되면서 결혼이민 여성을 위한 지원에만 쏠려 있다는 점도 문제이다. 따라서 정부는 다문화 정책을 총괄하는 기관을 통해 비슷한 지원책을 통제해야 한다. 그리고 외국인 주민 중 가장 큰 비중을 차지하는 이주 노동자를 비롯해 외국인 유학생, 이주 배경 청소년 등으로 정책 대상을 넓혀야 할 것이다.

┃문제 1┃ 위 글을 쓴 목적으로 알맞은 것을 고르십시오.

① 다문화 사회에서 정부의 바람직한 역할을 강조하려고
② 정부 기관의 예산 집행 정책의 문제점을 제기하려고
③ 외국인의 국내 정착을 지원하기 위한 방안을 제시하려고
④ 정부의 다문화 정책에 대한 문제점과 해결책을 제시하려고

┃문제 2┃ (   )에 들어갈 내용으로 알맞은 것을 고르십시오.

① 외국에서 홍보하면서
② 발 빠르게 정비하면서
③ 정책으로 평가하면서
④ 공정하게 비판하면서

┃문제 3┃ 밑줄 친 부분에 나타난 필자의 태도로 알맞은 것을 고르십시오.

① 다문화 사회의 성공을 부정적으로 예측하고 있다.
② 일부 정부 기관의 정책 집행에 대해 공감하고 있다.
③ 다문화 정책을 다르게 파악하려는 자세를 비판하고 있다.
④ 정부의 다문화 정책에 대한 부정적인 평가를 강조하고 있다.

公式

┃問題 1┃

글의 내용을 중심 내용과 세부 내용으로 나눠 보세요.
試著區分重點內容與詳細內容。

중심 내용을 통해 필자가 글을 쓴 목적을 추측해 보세요.
透過重點內容推測作者的用意。

┃問題 2┃

빈칸 앞뒤의 문장을 읽고 빈칸에 들어갈 세부 내용을 찾으세요.
閱讀空格前後的句子，找出要填入空格的詳細內容。

┃問題 3┃

밑줄 친 부분의 앞부분 또는 뒷부분에 힌트가 있습니다.
畫底線部分之前面部分或後面部分有提示。

글 전체 내용을 고려하여 밑줄 친 부분에 나타난 필자의 태도를 파악하세요.
考慮全文內容後，掌握底線部分的作者態度。

解析

┃問題 1┃ 選出寫本文的用意。

從「首先，統籌多元文化政策的指揮塔尚未決定～只是一昧地支援結婚移民的女性這一點也是問題」、以及「因此，政府要放寬～政策的對象」來看，答案是 ④ 。

答案：④

┃問題 2┃ 請選出填入空格的正確選項。

「-(으) 면서」代表條件，從出現「奠定履行多元文化社會的基礎」的結果來看，答案是 ② 。

答案：②

┃問題 3┃ 請選擇底線部分的作者態度。

「多元文化政策～社會地位提高了」雖然是正面的評價，但透過「首先，統籌多元化政策的～也是問題」可知道強調了負面的評價，因此答案是 ④ 。

答案：④

語彙

정부 政府	다문화 多元文化	정책 政策	체류 滯留	진입 進入	근접하다 接近
공식적 官方的	시행하다 執行	시행착오 執行錯誤	거듭하다 重複	법률 法律	제도 制度
정비하다 整頓	이행하다 履行	기반 基礎	정착 定居	지원하다 支援	초점 焦點
이방인 陌生人	변모하다 變樣	보금자리 巢穴	꾸리다 捆	위상 地位	성과 成果
부작용 副作用	쏠리다 集中	총괄하다 統籌	지원책 支援策略		

代表題型

完成句子 　　 完成段落 　　 完成文章

各個題型對應方法

·完成句子〈51~52 號〉

既有題型	※ [51~52] 閱讀下文後於 ㉠ 和 ㉡ 各自填入合適的句子。
	51. 재인 씨, 주말에 생일 선물로 불고기를 (㉠). 재인 씨 덕분에 생일을 기분 좋게 보낼 수 있었습니 다. 그 런데 그릇은 언제까지 (㉡)? 어학원에 갈 때 그릇을 가지고 재인 씨 집에 들르고 싶습니다. 그럼 답장 기 다리겠습니다.
	52. '한 술 밥에 배부르랴'라는 말이 있다. 누구든 밥을 한 숟갈만 먹고는 배가 부를 수 없다. 노력도 마 찬가 지이다. 어떤 일을 성공시키기 위해서는 (㉠), 처음부터 큰 성과가 나기를 바라서는 안 된다. 그러므로 (㉡).
最新趨勢分析	· 51 號：由 5~10 個句子組成的文章、電子郵件、公告等實用內容 · 52 號：由 5~10 個句子組成的簡短說明文章等 **填補空格完成句子** 過去經常出現使用連接詞完成的句子，最近則經常出現空格前後有引導作用的主詞或受詞，必須完成與之配合的句子。
問題解決 TIP	· 瀏覽前後的句子後，思考可自然連接在一起的內容，此時要注意別增加不必要的內容或扭曲原來的意思。 · 句子的結尾是「- 습니다」就該統一使用「습니다」，如果是「- 요」就要統一使用「- 요」。 另外，應使用適合包含空格的句子中其他組成成份的文法。 · 注意不要把空格前後的用語也寫進答案內。

‧ 完成段落〈53 號〉

既有 題型	※ 參考下圖寫一篇有關「兒童虐待現況與措施」的文章 200~300 字，不用寫標題。 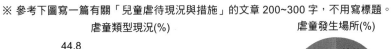 虐童類型現況(%) 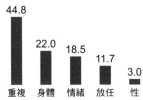 虐童發生場所(%) 
最新 趨勢 分析	• 53 號：散文、問卷調查、現況、統計等視覺資料 利用提示的資訊寫 200~300 字的文章 過去提示文多半是散文的形式，最近看圖表或圖形後自行分析資訊的題目變多了。
問題 解決 TIP	• 須準確分析提示的資訊，若是資料分析錯誤或添加不必要的個人意見，無論寫得多麼棒都無法獲得高分。 • 最好能運用「反之、然而」等連接詞或代表「第一、第二、第三」等順序的語彙。盡可能使用中級以上的語彙和文法，句尾要使用「- ㄴ다」或「- 습니다」替代「- 요」。 • 平常要練習比較、分析各種圖表與圖示的技巧。

‧ 完成文章〈54 號〉

既有 類型	※ 以下文為主題寫出自己的想法，字數為 600~700 以內，但請不要重複寫出問題內容。 우리가 버리는 쓰레기의 대부분은 땅에 묻거나 불에 태워서 처리하는데, 이로 인해 환경오염이 날이 갈수록 심각해지고 있다. 따라서 최근에는 환경을 보호하기 위한 방법으로 '쓰레기 재활용'에 대한 관 심이 높아지고 있다. 종이, 유리병, 플라스틱 등의 쓰레기는 다시 사용할 수 있으며 음식 찌꺼기도 거 름으로 재활용이 가능하다는 것이다. '쓰레기 재활용의 중요성과 방법'에 대해 아래의 내용을 중심으 로 자신의 생각을 쓰라. - 垃圾回收為何很重要？ - 垃圾回收無法順利進行的理由是什麼？ - 垃圾回收的有效執行方法為何？
最新 趨勢 分析	• 54 號：散文與題目要求 配合提示的主題與題目寫出自己的想法，600~700 字以內 這是最能反映社會氣氛的題型，出題大多詢問考生有關最近議題的想法。
問題 解決 TIP	• 需寫出符合題目要求的文章。首先請掌握題目的要求是什麼。 • 內容要依照「前言 - 中間 - 結束」的段落分配，寫文章前如果先把要寫的內容簡單彙整成概要，就不會遺漏，而且也比較有系統。 • 平常最好能觀看新聞或報紙，整理自己對於各種社會問題的想法。

TOPIK II 新韓檢中高級--聽力+閱讀 20 天解題奪分秘技

作　　者：金明俊
譯　　者：林建豪(Bryan)
企劃編輯：王建賀
文字編輯：詹祐甯
設計裝幀：張寶莉
發 行 人：廖文良

發 行 所：碁峰資訊股份有限公司
地　　址：台北市南港區三重路 66 號 7 樓之 6
電　　話：(02)2788-2408
傳　　真：(02)8192-4433
網　　站：www.gotop.com.tw
書　　號：ARK000200
版　　次：2021 年 01 月初版
建議售價：NT$480

國家圖書館出版品預行編目資料

TOPIK II 新韓檢中高級--聽力+閱讀 20 天解題奪分秘技 / 金明俊
　　原著；林建豪譯. -- 初版. -- 臺北市：碁峰資訊, 2021.01
　　　面；　　公分
　　ISBN 978-986-502-146-7(平裝)
　　1.韓語　2.詞彙　3.語法　4.能力測驗
803.289　　　　　　　　　　　　　　　　108007711

讀者服務

● 感謝您購買碁峰圖書，如果您對
　本書的內容或表達上有不清楚
　的地方或其他建議，請至碁峰網
　站：「聯絡我們」\「圖書問題」
　留下您所購買之書籍及問題。
　（請註明購買書籍之書號及書
　名，以及問題頁數，以便能儘快
　為您處理）
　http://www.gotop.com.tw

● 售後服務僅限書籍本身內容，若
　是軟、硬體問題，請您直接與軟、
　硬體廠商聯絡。

● 若於購買書籍後發現有破損、缺
　頁、裝訂錯誤之問題，請直接將
　書寄回更換，並註明您的姓名、
　連絡電話及地址，將有專人與您
　連絡補寄商品。